粉红战争

老幺 著

新星出版社 NEW STAR PRESS

男人的多情世界,就是女人的粉红战场。

——老幺

目录

第 一 章：美丽书签　001

第 二 章：裸体画像　014

第 三 章：爱情号外　027

第 四 章：针尖麦芒　043

第 五 章：爱情分裂　057

第 六 章：冷面妹妹　073

第 七 章：情报交换　088

第 八 章：色狼出没　102

第 九 章：生死情劫　116

第 十 章：真假情人　132

第十一章：桃色陷阱　149

第十二章：爱情契约　162

第十三章：姐妹联盟　174

第十四章：完美计划　186

第十五章：不战而胜　202

第一章 美丽书签

蜜月中断第一天。

王小艳进门就丢掉皮箱，一屁股坐到离房门最近的沙发上。

客厅里已经收拾得干干净净了，新婚的痕迹被婆婆清理得"一丝不挂"。

满怀期望的新婚蜜月，连"蜜周"都还没度满，她隐隐感觉：这婚也结得太快了，刚从法兰克福回北京，短短的一个月，就这样子，从少女变成妇女。在法兰克福的四年里，也许是对温锐的感情沉淀太多，婚，居然结得这么义无反顾。

他求婚那天，自己怎么就大脑白痴，只会说"哦"，显然，开车的时候求婚，不是自己想象中的浪漫场景，甚至很随便，太简约，没有戒指，没有鲜花，她居然没有迟疑就同意了，也太不矜持了，至少当时应该亲一下吧，也都被他推迟了半小时。

她不禁笑出声来：原来结婚，就是这样子，呵呵。

她突然觉得：包括卧室，客厅，书房都应该挂上大大的婚纱照，让新婚的感觉在家里无处不在，并持续下去。

归国，一个月零五天了，她是多么的幸福，除了今天的蜜月中断。

王小艳在书房左看右看，正对着书桌的那面墙上，她收拾出了一块空地儿，一平米，挂上一张自己的礼服"艳照"，胸部是露得多了点儿，这张照片中迷人的乳沟让她自恋过，尤其是那放电的眼神，要是换着别人，她会用"骚"字来形容，她未给别人看过，她不想被人骂骚，除了温锐。

拍拍手，她感觉很满意。

这个只有十二平方米，不大的书房，简约的全黑色铁艺的书桌、椅子、书架、灯架，银白色的苹果电脑和插在黑色花瓶里的红色点缀，是她很喜欢的风格。

"不知是他故意讨我喜欢？还是真的品位一样？"她想。

现在，墙上黑红相间的礼服衬出了她的资本："我让你猛一抬头，就望见欲望，这书房，你还待得住吗？"

她开始一本一本地擦书，她是喜欢书的，她不允许"知识"染上灰尘。

手上拿了一本叫做《爱情，谁是谁的号外？》的小说，精装外封，一些小的红色心形组装成的大心，感觉很精致，轻轻打开，书签，居然是一张美女艺术照，赶紧打开封二对比，大脑突然热了一下：是她，作者。王小艳记住了一个名字：李小玉。

一直在操办婚礼的事，还没有一本一本地读温锐收藏的书。

她只是想，为什么作者的照片像书签一样夹在书里呢？

难道这四年，出版社与作者们都进化到如此这般了？

单看照片的材质，的确不是印刷品。

难道这个作者与温锐是熟人？如她想象，用这种方式，这不是一般的熟。

"这四年中，她是他的情人吗？"她突然想。

刚回国时，王小艳开玩笑：这四年，你交了几个女朋友？

他总笑着说："不要再提起那些寂寞的日子，好吗？"

她当然只好作罢，她也给他讲她在法兰克福的故事。

他喜欢听，却说："你不要说你有多少前任男友，或者你的前任男友有多帅，我会很吃醋的。"

她在法兰克福，没有感情，她的感情，只在北京，只在北京传媒大学，她的感情只属于温锐。

大学念了四年，四年都是他的女朋友。

虽然大她三岁，他大四的时候，她才大一，但是，他考了传媒大学的研究生，他说他想守着她，等她大学毕业，真的一起毕业了，她却离他而去。

她很后悔去了法兰克福留学，因为一去就是四年，什么硕士，为什么不可以在北京读？

很多人，很多事物，当你不再拥有，让人分享，才知珍贵。

王小艳去了以后才知道，她是多么爱温锐，离开时，却是她亲口对他说：分手。

说分手居然可以那么容易。她对自己当年的绝情仍心有余悸。她当时只是想：至少分手了，他可以去寻找其他的爱情，人是寂寞的，他也不例外吧？

她不想为他的青春埋单，算是她说分手的理由吧。

他同意了。

也许，有些分手，与是否相爱，无关。

属于自己的幸福，因为四年等待的太久，失去了太多，更显得浓烈。

但现在，她觉得酸味儿很浓烈。

她开始相信：这个李小玉，一定是他的女朋友。照片，验证了她的感觉。

特别是他避谈感情问题，如果没有，直接说没有好了，为什么要回避呢？

应该不会介意他交过女朋友吧？她想。

但会介意他交了女朋友不让她知道。她坚信。

一定还有证据。她继续坚信。

片刻间，书房里一团糟了，所有温锐的书，被她一本一本查看，来不急放回书架，散落各处……

这十分钟，是那么的惊心动魄：时间，随着她的心跳，片刻暴风骤雨，片刻停顿不前……

王小艳都急出了汗，直到确认所有书里不再有该死的美女照片，才坐回椅子，眼睛很疲惫，眨巴一下，两滴凉凉的东西滴下，在摸着心跳的手和小臂上，分别弹开。

书桌桌面整齐地摆放着五本书，书上面五张美女照片，书签？各自的归属？

她只知道李小玉，其他四个女人，是什么人？

他的故事，看来很多。

她整理了一下衣袖，她已经让自己平静了下来。

泪水，已经流干了。

不知何时，唇被上下打架的牙兄弟"殃及池鱼"。

她开始搜寻抽屉，如果还有证据，就一次性收集完吧，不留死角，以免再受创伤。

果然，最底层的抽屉里，用橡胶圈裹住的纸。

她有些不敢打开，从侧面望进，可能是画稿吧。

她深吸一口气，憋足了时间，呼出去。有了心理准备。

轻轻打开了，也不禁张大了嘴：两张人体水彩画。

那脸，温锐的。

那身体，连自己都还没来得急去研究或欣赏的温锐的身体。

已经这样被别人研究或欣赏过了吗？

她有些后悔了，她觉得她的好奇心太重了：好奇害死猫，此刻是自己不知所措。

天呀，我们才结婚五天，她想。

如果什么都不知道，那也许是一种幸福吧。

但她无法阻止自己的思绪，总是有问题缠绕：肯定是女人画的吧？估计男人只会画女人吧？画这幅画，可能需要些时间吧？那在这幅画之前，或者之后，总会做些什么吧？

她拿起手机，想要打给温锐，想了想，停住。

一场战争，在她心中酝酿。王小艳与温锐婚后第一大战？她不敢往下想。

她可不想挑起战争，同样这种场景，在法兰克福的四年中，无数次的可能性，脑子已经演练过，只不过，没有真的这么深刻与真实，没有这样心痛的感觉。

理智，必须战胜冲动。她下定决心。

她实在是很好奇，这五个女人与温锐之间究竟有些什么？

王小艳陷入了困惑，不知道该如何是好。她越想越觉得：要弄清真相，从温锐那里，能得到些什么信息呢，他会告诉她吗？不会，她得出结论。

她不想因为这个事情，影响她的新婚，她的爱人，如果一场夫妻大战下来，只会两败俱伤吧，她不想。

她得靠自己去调查，她首先想到了自己最好的朋友：黄小菲。黄小菲与温锐也是常来常往的，是否她会知道？虽然是最好的朋友，自己的家事，该让她知道吗？她徘徊，矛盾……

"菲菲，你在哪里呢？我想找你聊聊天。"她终于还是打通了黄小菲的电话，但实在提不起精神。

"艳子，你怎么了，才几天呀，就回来了？感觉你状态不对呀。"

"我没事，我在家呢，我们的蜜月，没了，他们杂志社有重要的工作，把我们招回来了。"

"哦哟，谢天谢地，不算什么大事，只要你们俩好好的，就没什么，蜜月嘛，一辈子在一起，别太在意了，啊。"

"不是，我在书房，无意中看到了很多我不想看到的东西，温锐这几年有很多女朋友，对吧？我以为我不会在意，但我真的很伤心，现在也不知道该怎么办？"

"你在家吧，我马上过去。"

"没事的，菲菲，你不是得照看你的咖啡店嘛。"

"下午人少，服务生都在呢，你等我，我马上过去。"

"好的，拜拜，一会见。"

黄小菲，她高中到大学的同学，最好的朋友，无话不谈的闺蜜，睡她上铺的姐妹。

所有大学里的点点滴滴，都是与黄小菲分不开的，她记得刚进大学那会儿，她死拉着不爱文学的黄小菲，参加了文学社，并认识了文学社的社长：温锐。

很快，王小艳与温锐的情书往来频频，让她从此陷入爱河,无以自拔。

菲菲,是她和温锐共同的好朋友。

大学毕业后自己就出国了,这四年,也都没回来。

因为时差问题,运气非常好才能QQ两句,却在各自的时间忙碌各自的事务。但这四年中,温锐的不多的信息,还全是从菲菲那里得来的。

刚毕业时知道菲菲做了导游,同班十二个女生也只有她有胆量,做了本行,但在所有同学眼中,导游是个"下贱"的工种,因为每个同学,大学阶段,都去"下贱"过。她们同学中流传着一句名言:现在做导游,是为了以后永远不做导游。她到现在也没明白究竟:什么意思。

做导游,应该是菲菲的长项,人长得漂亮有味道,而且能说会道,时尚开放。

听说:菲菲导游只做了一年,就开了她的"菲菲咖啡屋",在北京电影学院北边的胡同里。

电影学院里那些男男女女,也许需要咖啡吧。

菲菲告诉她:咖啡屋来的客人,多数是电影学院的女生,或者等电影学院男生的女生,有男生,主要是来等电影学院女生的男生。林林总总。

菲菲还教有兴趣的女生煮咖啡。

曾经有个朋友说过一句经典的话:沙滩上踢足球的男人,不是为了锻炼身体,而是为了展示身体,吸引那些与他们目的相同的女人。

菲菲于是说：在咖啡屋里煮咖啡的女人，与沙滩上踢足球的男人，是同类。

咖啡屋，吸引了很多优秀的寂寞男士，温锐就是其中一个，不过，温锐很规矩，与其他男人不一样，在她的眼皮底下，他也只能规矩，菲菲补充。

这一个月，她有空了，或者，累了，就去咖啡屋，看看那些：林林总总的男男女女。

王小艳今天不想去咖啡屋，那里没有办法说私心话，她也就不拒绝菲菲来家里了，她希望菲菲能来。

她悄悄地收起了那两张画像，她不知道是否要把画像的事告诉菲菲。这毕竟是温锐的裸体，即便是最好的菲菲，也不能随便展示吧。

刚过二十分钟，菲菲就到了，从学知桥到北四环的华亭国际，只有四五公里吧。

打开门时，王小艳的眼泪像泄了洪似的，抱着菲菲，稀里哗啦的。

"亲爱的，出什么状况了，看你伤心的，你不打算让我进屋了呀？"黄小菲正色道。

"哦。"王小艳连哭带笑地把菲菲拉进书房。

"哦哟，你们书房地震了呀。"菲菲蹲下身去捡书。

"我还没有收拾，都是因为要搜集证据，你别管了，来帮我看看。"王小艳拉着菲菲直奔主题。

"你看一下这五张照片，有你认识的没有？"

菲菲迅速翻着，嘴张得很大，惊讶："你这是哪来的？"

"喏，就是这五本书里夹着的喽。"

菲菲一本一本地看书名：李小玉的《爱情，谁是谁的号外？》，孙韬的《解构人体》，王迪诗的《一个人私奔》，九夜茴的《初恋爱》，周嘉宁《流浪歌手的情人》。

"这与书有什么关系呢？"

"我就是不知道，但是我感觉，每一本书，与相应的照片，传达着什么重要的信息。"

"你怀疑你老公？不小心给你留下了证据？"

"那你说，能怎么解释呢？"

"温锐虽然在生活上很粗心，但是他的工作是非常严谨的，我觉得他不会这么粗心，给自己老婆留下这种误会。亲爱的，你打算怎么办呢？"

"我不知道，我想去找她们，你帮我，好吗？菲菲。"

"亲爱的，你别这样，不管这些照片来路如何，对于这些女人，与温锐究竟有什么关系，我建议你忘记它，好吗？因为你这样追下去，如果真查到些什么你不想知道的，你首先是受伤的人，肯定也会伤害到你和温锐的情感，更会伤及这些当事人，多不划算呀，啊！"

"但是我真的很想知道。我们刚结婚，当然不愿风波起，所以我不打算告诉温锐的，这四年我不在他身边，大家都过得很苦。"

"是呀，不能告诉他，你也不能表现出来，你先什么都别做，你好好想想，不要想这事儿了，就让它像流星一样，一闪而过。"

"我觉得我做不到，我想通过了解这些事情，去更多地了解温锐这几年发生的变化。我今天突然觉得我陷入了爱情和婚姻的双重困惑，难以自拔。"

"但是，这真的是伤人伤己的事呀，就像已经愈合的伤口，你又要去剖开来看，又需要时间去疗伤，亲爱的，听我的，这事儿就到此为止了，噢？"

"菲菲，你告诉我，她们，你是不是全认识？"王小艳眼睛瞄向那些照片。

"艳子，我不知该怎么回答你，你好好想想，真的没有必要为这些已经过去的事，再劳神自伤了，噢！等你冷静下来后，我们一起来商量怎样让这事儿大事化小，小事化了。来，咱们一起把书房收拾收拾，然后去咖啡屋，喝点咖啡，清醒一下，冷静一下。"

"我真的冷静不下来。在国外的那几年，我在我的爱情里困惑着。我很清楚我深爱着温锐，只爱他，他的文学才华深深吸引着我，大学那几年里写给我的情书，我都能背下来。心里面住着这个人，心的那扇门就永远关闭了。却不知是否有未来。"

"这些，我们都知道，全国人民都知道了，现在已经有了结果，你们结婚了，修成正果了。困惑解除了呀。"

"但我回国的这一个月,又陷入了另一个困惑,我不知道:温锐为什么会爱我?爱我什么?我有什么值得他爱的?这些问题,让我很恐慌,不知所措。"

"其实这一点,我也不知道,也许温锐他自己都不知道,爱情就是这样子,爱就爱了,没有理由。这就是爱情最神秘之处。"

"看到这些东西,我的心没有办法平静,你知道吗?我又不能去问他。"

"你现在应该什么都别想,先让自己平静下来。在这种关键时候,别做错事。"

"好吧!"王小艳确实觉得自己应该冷静一下,清醒一下,在这种时候,千万别犯傻,女人最容易在这个时候犯错。

"哇,亲爱的,你这张照片好性感。没见你礼服里面有这张呀,这深沟儿,这眼神,太性感,太迷人了!"看王小艳平静了些,黄小菲赶紧转移话题。

"不好意思拿出来让大家看,感觉太……呵呵。"王小艳觉得,菲菲表达的善意,就是赞美,也可以用

另一个极端的方向来理解,那就是骚。

"亲爱的,高兴起来,你看你,多么漂亮,多么迷人,不管这些照片了,温锐娶了你做新娘,她们也都是失败者,都是输家,你反而去招惹她们,她们肯定反击你,那还不搞得两败俱伤,别打这样一定会输的仗。咱们一起把书房收拾一下吧?乱成这样,老温回来看见,就不好了。"

"嗯!"

她们整整收拾了一个小时,王小艳才觉得差不多算变回原样了,两人一起去了黄小菲的咖啡屋。

王小艳猛喝了几杯咖啡,觉得好多了,可能是咖啡的作用吧,精神了许多,在咖啡屋里也就坐不住了,主要是没心情关注那些年轻的、在咖啡屋里寻找或等待情人的男男女女,于是打车回了家。

离开时,菲菲一再告诫她:冷静,理智。

第二章 裸体画像

回到书房，王小艳冷静了很多，她清楚地知道，自己应该去理解温锐，她暗暗下定决心，无论是否能查出什么，她不会让他知道。但她一定要查出真相，她可以"当不知道"，"不知道"与"当不知道"，在她看来是两回事。

她仔细查看着温锐所有的记事本，她不知道温锐会不会怪她偷看私人记录，都是夫妻了，既然没有上锁，也从没说过不能看，大概就是默许了能看吧，她安慰自己。

她的细心，确实看到了问题，温锐这两年，连续资助了一个叫张小悦的美校学生三次，两次是学费，一次是开画廊，难道这个学生，就是他那两张人体画的创作者？五本书中，不同的照片，如果真的是线索的话，那么，《解构人体》的书签，就应该是向他借钱的这位美校学生：张小悦。

她仔细端详这个女子的照片，还真的觉得有艺术气质，美得让她怎么也讨厌不起来，为什么要讨厌她呢？她找不出任何理由。

她开始对张小悦进行网络人肉搜索，她认为，找到她，应该很容易。

她只在百度图片里搜索"张小悦"，结果显示了三百余张图片，其中好几张就是人物图片，其中一个结果与自己的猜想完全吻合。点进去，有百度人物，哇哦，地址、电话、手机号，全都有了。

看来张小悦虽然漂亮又懂艺术，但也是一个生意人。

生意人，总是在客户希望找到自己的时候，信息就会及时出现在他们眼前。

王小艳鼓起勇气狠狠地按下了号码，摆开架势。

电话通了："喂，你好！"

"请问你是谁？"王小艳很惊奇自己居然很紧张，问了一个她自己都觉得尴尬的问题。

"你打电话找我，怎么反倒问我是谁？"

王小艳："你可以告诉我你是谁吗？"

"你不知道我是谁，你给我打什么电话，神经病。"然后是电话挂断后的嘟嘟声……

王小艳真的有点气妥，明知道她就是张小悦，为什么不直呼其名？

就算不能确认，那也可以直接问她是否就是张小悦呀。

她不知道自己在害怕什么，或者在回避什么，一通奇怪的对话。也难怪被骂成神经病。

张小悦正在给一位男模画人体，接到一通奇怪的电话，已经停下工来，她让模特休息一下。她觉得刚才的电话影响了她画画的心情。她知道自己这段时间本身心情就不好，那通奇怪的电话，只是又一个影响心情的导火索罢了。

电话再次响起。

"又是你。" 张小悦看了下来电。

"请问你是张小悦吗，你是否认识温锐？我是他的老婆，我叫王小艳。"

"你们都已经结婚了，你打电话找我干什么呀，我跟温锐没有什么，OK？再见。"

张小悦迅速挂掉电话，把手机扔到一边。她不想继续这个通话。

真是最不想纠缠的事情，总来纠缠自己。

电话仍旧纠缠。

"你想要干什么？"张小悦很生气的口气说。

"我们可以见面聊聊吗？"

"我们有没什么好聊的？我跟他已经完全断了，你以后也不要找我了，再见。"

狠狠地挂掉了电话："神经病。"

"菲菲，我给张小悦打了电话了，本想约见下她，她不理我。"王小艳只能打电话向黄小菲求救。

"我说宝贝儿,你怎么这么冲动呀,不是让你冷静吗,

你要相信温锐,也许根本就是你想得太多。你看,人家不理你,你打算怎么办?"

"我一定要见到她,跟她聊聊,你放心,我不会犯错误,我是真诚的。你知道吗,我回家又发现了证据,居然是张小悦为温锐画的两张人体画,我脑子里,时刻浮现,是那种情景再现。"王小艳觉得在电话里告诉菲菲,是最恰当的。至少,菲菲不会要求要看,也就有机会不给菲菲看画了。

现在就是最合适的时机,只不过撒了一个小谎。否则,菲菲不会理解自己心里究竟有多苦。

"啊……"

黄小菲半天没说话。张大了嘴,不知时间停止了多久。温锐不应该这样不小心的,事态不能这样发展下去了,她认为。是要告诉温锐?觉得不妥,已经造成了事实,她很讨厌自己夹在这中间。

她决定要帮助王小艳,否则,她自己都会疯掉的。但是怎么帮呢?

"菲菲,你觉得我直接去她的画廊找她,合适吗?"

"啊,不行不行。"黄小菲很肯定。不知道这两人见面,会做出啥事来呢。

"这样,我找个理由,把她约到你的咖啡屋来,好吗?"王小艳自己也觉得不妥,也许有菲菲作后盾,算是有底线,会好一些。

"嗯,我看行。你就把她约到我这里来。"黄小菲还真

怕她冲动犯错误。在自己眼皮底下，总是好一些吧，她想。

"好吧，我想办法。"王小艳有点气馁了，她不知道怎么才能约到张小悦。

她感觉唯一能把张小悦约出来的机会，就是：要钱。温锐的记事本里，张小悦有三次借款记录：2010年8月，10000元，2011年8月，10000元，2011年11月，30000元。王小艳开始认为这种借款行为，与自己是无关的，从法律角度来讲，自己没有借款证据，这只不过是一个记录，既然记录了借款，如果有还款的话，也该记录吧，她想。既然没有，那么，这些借款，肯定还存在。

那么，她可以向张小悦索要这个借款吗？她自己觉得很无趣。

但似乎也是合理的，她是温锐的老婆，他的财产已经是她与他的共同财产，那么，她去维护一下自己的利益，有何不可？

万一张小悦要她拿出证据，撕破脸面，该当如何？

那就权当一个玩笑吧，至少可以弄清楚很多事情。她下定了决心。

"对不起，又是我，呵呵。"电话接通时，干脆先道歉，也许关系能拉近一些。

"我不是说过了吗，你不需要担心什么，我和温锐已经没有感情了，已经完了，行了吗？"

"谢谢你这么说，我相信你们的感情已经完了，但我想，你们的事也许还没结束。我想代表他与你做一个了结。"

"你说吧!"张小悦觉得自己被这个女人打败了。

"他的记事本里,有记录你分别向他借过三次钱,我想,我想做个了结,但我并不是来找你还钱。另外,我家里还有两张你画的人体画,我想把它们,还给你。我们见个面,好吗?"王小艳机关枪一样把想好的台词全部打将出去,才松了口气,她不知道会造成什么结果,她只是祈祷张小悦是个懂事的女孩,别把这事情闹到温锐那里去。

"你说时间地点吧。"张小悦也经历了思考,最后终于回复。

"菲菲咖啡馆,你知道那地方吧?今天晚上八点钟,行吗?"

"好。"张小悦不再迟疑。

"菲菲,你晚上七点在吧?我去你那里,你知道吗,我跟张小悦约好八点,在你那里,我想听下你的建议,再跟她谈。"

"我在,你来吧。你真行,你也不怕惹火烧身?"

"不会的,我自有分寸,我向你保证,无论结果如何,我都不会去跟温锐闹的,我想做个聪明的女人。"

咖啡屋,王小艳换了衣服才来的,她觉得不好好穿衣服约会,是对"敌人"不尊重,也许也是为了展示魅力吧,张小悦,算是自己的"情敌"吗?

菲菲就坐在她的对面,上下打量,仔细欣赏她。

让王小艳心里痒痒。

"你今天真美，这身行头，还化了妆，怎么？想给人家压力吗？"

"没有啦，我只是很重视这个特别的约会，我很紧张。"

"哟呵，我看你一点都不紧张，要知道，是你在挑战别人呀。"

"菲菲，咱们说说你，大学时，你那个"色狼"男朋友：杨浩，后来究竟为啥毕业就分了，他现在在干嘛？这几年有来往吗？"

"别说他了，他看起来真的太好色了，就你现在这身打扮，要是在大学校园里让他看到，他能围着你走到女厕所为止。没有女人会喜欢他那样的人。大学毕业，不想看到他，没再联系。"

"实话说，我挺不喜欢他好色的样子的。据说他身边还从来不缺女性朋友，真搞不懂。"

"我当时也挺讨厌他那样，第一次见我时，他围着我，上下左右打量我，让我鸡皮疙瘩起了一身，在校园里起码走了一公里，我好紧张。"

"那你还跟人家谈恋爱？"

"但是我不反感他的行为，长这么大，没人用他的方式，我觉得他好欣赏我。就上了他的当了。结果，他就是那样的人，看着谁漂亮，都那样。不知道有多少无知美女，会上他的当，肯定不缺女朋友，但是，应该都交不长吧。"黄小菲应付着王小艳。

"花心的萝卜，很辣，不喜欢吃。"

"哈哈哈哈……"

"哈哈哈哈……"

"亲爱的,你怎么约上张小悦的呀?"

"很丢人,不好意思说。"

"咱又不是外人,说嘛,我想听。"

"我说我要把两张画,还给她。不过,我不会真还给她,我已经把那两张画给封存起来了,连温锐自己,也别再想看见。"

"那她没叫你直接撕了,丢掉,这样恐怕更符合逻辑一些吧?"

"菲菲,你真是个鬼精,我看了温锐的记事本,他借过钱给张小悦,我就告诉她我想为钱和画,做个了结,她就答应见我了。"

"那你不怕她找温锐说去呀?"

"跟她通过两次电话,虽然挺不愉快的,但是我感觉,她不会,我看她的照片,看了很久,我觉得我一点都不讨厌她,甚至,挺喜欢她那眼神。"

"那万一她要告诉温锐,你咋办?"

"温锐是我老公呀,反正我永远一张笑脸,我向他认错,不行吗?他还能把我吃了?"

"这就是你的可爱之处,男人就喜欢你这样的,长得好看不说,撒娇真是炉火纯青,很聪明,还装白痴,连女人都想照顾你,况男人乎?四年不见,温锐等你,照样娶你,那么义无反顾，艳子，你很了不起。"

"你可别这么说，你才是我心中最独立、最聪明、最有魅力的女人。"

"我不行，长的吧，没有男人喜欢的理由，平庸，没特点。太自我，脾气臭，也就是这两年，我才收敛许多。"

"怎么，这几年谈了多少男朋友？"

"没有，开这个咖啡屋，眼睛里只有生意，没有爱情，好像爱情，随着年龄的增大，已经离我而去，那种心动的感觉，总是很短暂，或者说，不敢靠近。"

"嗯，呵呵，你心里是不是一直有个男人？你不敢让他知道？已婚人士？"

"就我这性格，太理智，已婚男人，你觉得可能吗？"

看得出来，张小悦也精心打扮过，一身黑底红花的古典半长衣服，配上同样古典黑地红花的布包，格外显得另类，少有的艺术气质，那种气场，还没进咖啡屋，王小艳就已经感受到了。

走进咖啡馆，左右张望之际，角落的王小艳已经站起来，笑着向她招手："这里。"

王小艳一张笑脸，张小悦终是挤出两个酒窝，坐在王小艳对面："你好"。

黄小菲走过来。

"菲菲姐你好。"张小悦很礼貌地招呼。

"怎么？你们早就认识？"

"对呀。"黄小菲抢白。

"那你怎么没有说起过？"

"亲爱的，你也没有问过我呀。你们聊，今天想喝什么，都算我的，噢！"黄小菲笑着，迅速逃掉，冲着门口进来的客人。

"你不是讨债吗？有话直说，说清楚了我还有其他事。"张小悦开门见山。

"对不起，跟你谈钱的事，只是我的借口，那是你与温锐之间的事，还是由你和温锐自己解决吧。"

"那就这样，我会挣钱还给他，谢谢你们，再见。"

欲走。

王小艳拉住张小悦："别这样，你刚毕业不久，他资助你应该是他自愿的，我只是想从你这里了解一下他，请坐。"

张小悦很不情愿地坐回。

"当我第一眼看到他的人体画时，我想，现在的他与四年前我了解的温锐很不一样，四年前我为了出国留学，狠心地与他分了手，但我真的很想知道他这四年，究竟发生了些什么，我可以接受所有可怕的事实，但是，这阶段的空白，是我对婚姻、爱情的困惑。你愿意帮助我吗？你能告诉我你们的事吗？"

"你为什么不直接去问他呢？我不想说。"

"我理解，我不害怕你说他的坏话，我不介意你的任何观点，我已经与他结婚了，我只是想去更多地了解他，你有什么说什么，把你想说的，想骂他的，都告诉我，行吗？"

"行，我答应你，但我今天真的有事，我想先走了，你把画，还给我吧？"

"哦，对不起，我没有带来，我后来想，那画，是温锐的，我没权力处理。"她临时居然想出了借口。

"对了，你想了解温锐，你就找李小玉，她全知道。"张小悦一点也不客气。

"怎么才能找到她呢？"

"你去'忘情酒吧'，她如果不在家里写书，就在忘情酒吧找素材，或者，是在从家里去酒吧的路上。"张小悦引用了一句广告语，来回答王小艳的问题。

张小悦压抑着的郁闷，面对王小艳一张笑脸，无法得到发泄。她很奇怪，这个王小艳，既然发现自己老公有前任女友，还笑得那么开心。那就让李小玉，使她更"开心"一点吧。

等张小悦和王小艳都离开了咖啡屋，黄小菲实在不知所措，自己兑了一杯咖啡，一口喝下。

拿起电话，就拨了出去。

"菲菲，有事情吗？快点说，我还忙着呢。"

"那我就长话短说，你怎么那么不小心，往书房里塞照片，五个人的，还有你那两张画，人体。怎么能随便就放在书房里？"黄小菲机关枪一样，把事全抖出去了。

"啊！……没有呀，我哪有什么女性朋友照片，那画，也早拿我妈家去了呀，怎么搞的？"

"啊！……"这回是菲菲不知所措了，赶紧冷静一下，这事儿，有点严重。

"我说老温，这事儿已经这样了，你呀，太不小心了，艳子可不想你知道这事，你可千万别穿帮，我可不想她知道是我打了小报告。你赶紧调查下情况，把这问题解决了。今天晚上，艳子与小悦，在我这里，已经交过手了。"

"都说了些什么呀？"

"我哪知道呀，我照顾别的客人去了，感觉她们谈得不太愉快。"

"啊，我今天还好多重要事情处理，你跟小悦打个电话，跟她谈谈，帮我把事情处理一下，别让她俩干起来了，一定要让她们化敌为友，等我忙完，我来处理。真是的。"

"别出卖我呀。"

"啥？"

"不能告诉艳子，你就当不知道。否则，我不帮你。"

"行。就这样。拜托了。"

五本书，五张书签，李小玉的照片，"签"了她自己的书，张小悦的照片，"签"了《解构人体》，这绝对不是巧合，是线索。

难道《初恋爱》里的书签女生，就代表是温锐的初恋？

不对,那照片也应该是她自己呀,王小艳想。

大学时与温锐谈恋爱,那些点点滴滴的记忆可以证明:他绝对没有恋爱"经验"。

那《一个人私奔》,和《流浪歌手的情人》,这里面放照片,又代表了什么意思?

她无暇想得太多,如果注定今天是一个不眠之夜的话,那就让刺激来得更猛烈些吧。

晚十点正。

去酒吧。

在出租车上时,突然想起,今天已经换了三套衣服了,这行为,对于自己来说,太异常了。

第三章 爱情号外

一个男歌手弹着吉它,唱着老狼的校园民谣。

四处打量,昏暗的灯光下,男男女女们,不知多少美其名曰"一见钟情"的勾当。

只有角落里独处着的女人,熟悉而亲近的感觉,于是走过去就近坐下。

两个女人互相打量时,相互一笑,然后各不搭理。

民谣已经唱完,男歌手在台上挑逗着:"亲爱的朋友们,我们的小花姑娘将隆重登场,今夜,她将不再是村里的小芳,她将为大家带来她最新创作的歌曲——《爱情,谁是谁的号外》。她的歌声,将讲述一个只有你深爱过才能听得懂的爱情故事,让我们期待吧。有请大美女:陈小花。"

酒吧里顿时有了生机,却没有了喧嚣,明显,男人们被挑起了兴趣,连王小艳都想知道究竟。

那个与王小艳相互一笑的女人,左手端着酒杯,右手提着酒瓶,靠过来:"你好,可以坐一起吗?"

一看就知道是准备好了来搭讪的,王小艳回敬一笑:"请"。

"我叫李小玉。"

王小艳一惊,本来就是来酒吧找这个李小玉的,结果她自己先撞上来。

那种熟悉的感觉,是来自于照片?风格完全不一样,照片里眼神清新素雅;而眼前这双眼睛,却是那么敏锐神秘。

就是她。李小玉。

这是一个无论男人,还是女人,都不愿意去讨厌的身材类型:骨架纤细,却也算丰满。

王小艳思维短路片刻,才匆忙回应:"你好,我叫王疏影。"

她很惊奇她在短短的两秒钟内,就作出了一个惊人决定:用假名。

如果李小玉知道温锐的老婆叫王小艳的话,隐瞒姓名也许能收获更多。她想。

李小玉嫣然一笑:"疏影,好名字,好灵感,哈哈。第一次来这个酒吧?"

"哦,是。"不时往台上打量歌手陈小花。

"认识她吗?"说完狡黠一笑。

"哦,不,她的声音不错。你认识她吗?"

"当然,好朋友。想认识一下吗?我可以帮你介绍。"

"好呀"。

歌手陈小花,唱到动情处:"别对男人想得太多,承载不起女人对他的想象时,是要逃的……"

"这首歌是她自己创作的吗?"

"应该说曲子是她写的,词,是我帮她填的,但,是她自己的故事,她想要的词。"

"你那么了解她,她唱的,是她的爱人吗?"

"曾经的爱人。" 然后,"你也有兴趣吗?"

"别人的隐私,不便打听吧?"

"她自己并不这么想,她把她的隐私,写成音乐,若隐若现地唱给正在恋爱或者失去恋爱或者渴望恋爱的人们,听众能听懂,感动了,就够了,谁会在乎故事的真实与虚假呢?"

"也许她的真实体验,才能更容易唱得动情,对吧?"

"如果你真的对她的故事有兴趣,我可以对你破例,知无不言。只怕你没有兴趣,哈哈,等会儿介绍你们认识,也许她会有兴趣告诉你她的故事。"

好几杯红酒喝下去了,微醉的感觉,聊了衣服,包包,化妆品,香水。

近十二点了,陈小花从后台出来。

李小玉向陈小花招手:"花花,这里。"

陈小花走过来,打量王小艳,有些愕然。

王小艳看着陈小花,这张脸,太熟了——《流浪歌手的情人》里的"书签"。

"花花，我给你介绍一下，这是新朋友王，疏影，名字不错吧？"

陈小花一脸疑问，并伸出手："你好！"

王小艳赶紧应付："你好！"

王小艳："你们先聊，我去下洗手间。"

王小艳捧了一捧水在脸上，打量着镜子里的自己，似乎有些忧伤，事情果然如她所料，五本书，与五张书签，绝对是有影射的，温锐，又是陈小花这个"流浪歌手"的情人？

无疑。

短短的几个小时里，五张照片中，她见到了三个人，原来，这些人，离自己这么近。

张小悦，李小玉，陈小花。

另两个人，又是谁？

这每一个女人，都是自己的情敌吗？

王小艳一下子，有被五个女人打败的感觉：接下来，该怎么办呢？

她开始觉得：自己用假名字，缺乏真诚，可能会让事情适得其反。

张小悦说李小玉知道所有温锐的事，那李小玉又怎么可能把温锐的事，通通告诉一个与温锐不相干的人呢？

现在，谎言已经撒出去了，收不回来了。

那就看事态的发展吧，实在不行了，就放下面子，与她真诚交心，承认个错误，道个歉，再大的错误，首先，自己原谅了自己，也就能被别人原谅了。

赶紧补了补妆，让自己自信一些。

陈小花："怎么回事？玉儿，你跟她？"

"她可能是来调查你我与温锐过去的那些事的，尤其想知道你与歌词当中的男主人公的故事，她说她叫王疏影，可能不知道咱们都认识她，这个游戏，很好玩吧？哈哈。"

"玉儿，别玩得过火了。"

"放心，我有分寸，你就当我是在体验生活，积累素材，你要配合我。"

"我看，如果她惨死在你的体验生活中了，老温肯定会找你算总账，你也惨了。"

"我和老温，是无话不谈的知己，我是女人，他的红颜，我没干对不起他的事，我怕什么呀？"

"那你也是在欺负他老婆呀。"

"我说亲亲，是他老婆自己找上门来的，她又没说她是温锐的老婆，她叫王疏影，哈哈。"

"你是不是想看看，温锐赞不绝口的女人，面对她老公的旧情旧事，该如何反应？"

"你不要害怕会破坏他的家庭，就算你真的想破坏，我看没那么容易，你看我们这些与温锐关系不错的女人，单挑出来,哪一个不是有魅力的?但是,温锐就是选择了这个王小艳,我看呀,这个王小艳,绝不简单,必定有她特有的吸引男人的魅力,我一定要会会她。"

"你不找她,她也会找你,你的小说里,老温的线索,可不少呢,哈哈。"

"跟你打赌:她一会儿肯定向咱们要电话号码。"

"我不跟你赌,这方面,她肯定斗不过你。"

"这倒是。哦,她回来了!"

"很晚了,也喝了不少,我要回家了。"王小艳想尽快逃离这里。她感觉自己还没有准备好对付这两个女人。古人说:宁可数日不开仗,不可开仗无算计。

"是呀,女人熬夜会老得快的。特别是已婚女人。"

李小玉直视王小艳的眼神。

"要不,咱们交换个电话号码?有空一起聊天,喝酒?"王小艳试问。

"可以,当然可以,噢!我名片上,已经写上花花的电话。"李小玉递过名片,"照着我的电话,你打给我。"

王小艳觉得李小玉这个女人很不简单,似乎能看透一切。轻轻地拨下手机号。

"有了,王疏影,是'疏影横斜水清浅,暗香浮动月黄昏'的疏影吧?一定打给我哟。"李小玉挑衅。

王小艳不记得自己是怎样逃离酒吧，怎样回到家里的。

王小艳觉得肚子里有一股气流，上冲下窜的，憋得自己睡不着觉，她自己不停地做"深呼吸"，那股气也呼之不去。

有很多问题，想问温锐，如果他能回答，可能最简单直接，偏偏又是她最不喜欢的方式。

她自己并不认为这些问题是无聊的，虽然也都已经是过去的事。

在爱情与婚姻前行路上，不可回望，就像索多玛城里的罗得之妻，明明知道回头是要凝固成盐柱，但回头的念想却挥之不去。

温锐肯定是不会回头的，他说过：一个男人，要是有心要把老婆所有的情史性史全都挖出来，一一陈列于桌面，那就是想要离婚。

女人，亦然。

王小艳也是明白这个道理的。

她觉得她现在不只是好奇。

当她冷静的时候，她知道，这五张照片，不可能是巧合的，更有理由相信：温锐那种做事细心，从不回头的人，根本不可能留下这种无聊的线索。

那会是谁？

如果这真是某个人蓄意而为？

那岂能就此罢手？

看来，这事，没完。

既然没有办法罢手,那就好好计划一下,查个水落石出。

反正蜜月,还有五天呢。

今天折腾了一天了,还得睡,明天还继续战斗呢。

蜜月中断第二天。

早八点整,王小艳就被闹钟震醒,她赶紧爬起来。先收拾床上的面巾纸。

她都记不起昨晚究竟是怎么睡着的,眼睛有些发酸,估计是泪流得太多。

就让泪水到此为止吧,她想。

她打算直接去菲菲咖啡屋,享受咖啡加蛋糕的早餐。

最主要的是:要拉上菲菲,与自己一起战斗。

咖啡屋早上的生意是比较冷清的,在北京,没有多少人早餐有习惯喝咖啡吃蛋糕的,连王小艳回北京后,基本上是只光顾路边摊,吃一碗豆腐脑儿。

当她走进咖啡屋时,屋里面仅有的两个人,实在是很抢眼:菲菲,张小悦。

王小艳尽量保持着平稳的姿态,走过去。

"来,艳子,坐,我们在等你。"黄小菲很冷静地招呼她。

她这才完全平静了下来,张口说了句:"你们?"

"我们知道昨晚肯定是你的不眠之夜,知道你会来找我,一早七点我就来店里等你了,昨晚,我也约上了小悦,你不介意吧?"

"菲菲，你真好！"王小艳顺势坐在黄小菲的身边，挽着菲菲的胳膊，头在小菲的肩上，蹭几下。

"亲爱的，就你这一招娇羞，能迷死所有男人，连女人都不例外。从上大学开始，我迷恋至今。"

张小悦在对面目睹了这一动作，不禁轻笑出声，对王小艳这一举动，感受到这个女人，一定有不同凡响的魅力，只可惜自己不是男人，体会不深刻。

"昨晚，小悦跟我通了电话，她想就她与温锐的事跟你作一个解释，她不希望因为那两张水彩画，影响了你们的生活。"

"谢谢你，小悦姑娘。"王小艳很奇怪自己居然用了姑娘这个词儿。

她感受到了张小悦昨天与今天的变化，很大。

"和温锐，是2008年认识的，他当时在杂志社做编辑部主任，我与他合作做了一期专题，叫《大师，和他们的人体模特》，就是这本杂志里，你看看就知道了，我和他的故事，也非常简单。在这合作之后，他鼓励我考中央美院的研究生，并答应借我钱上学和开画廊。我只是邀请他做我的人体模特，菲菲姐可以作证，还是她帮助说服他的。"张小悦把故事说得非常简单，而且，还不算进入正题，就把皮球踢给了黄小菲。

这让黄小菲很为难，这可不是她们之前商量的结果，她可不想把自己牵连进裸画事件当中去。低头不语。

王小艳想知道，这一天里在她脑海挥之不去的，是在画画前脱了衣服，或者画完后还没穿上衣服，两个时间段里，发生了些什么?可是她怎么也问不出口。

她觉得这完全与在大教室里画人体模特,是两个概念。

完全可以理解为:一男一女两个人,在激情之后,突发灵感,要留下记忆,或者那美的瞬间。

怎么成了菲菲也知道的事情了呢?而菲菲用默认表示了肯定。这个张小悦,真是个大胆的女孩子,对男人有想法,居然可以请另外一个人用画人体的方式去邀请。

"没有发生什么?"王小艳终是憋出了这几个字。

"有这两幅画在这里放着了,我怎么解释,也许都是没有用的,无论发生了什么,或者没发生,作为女人,我无法对你说出口,咱们都把这一页翻过去,行吗?"张小悦的回答与反问,也许是想好的台词吧。

"温锐是一个很有魅力的男人,我欣赏他,喜欢过他,甚至想嫁给他,但他娶了你,无论是过去,还是将来,我没有影响到你们的生活,也不会去影响你们的生活。从他的角度来讲,我想,也影响不到,只是害怕影响你。"张小悦真诚的表述,几乎感动了王小艳。她知道,一个女人,能说出这样的话,是很不容易的,是个值得尊重的女人。

王小艳轻轻地移过去,抱着张小悦。

张小悦有点不知所措,从来没有女人,用拥抱这种方式向她表达情感。不自觉地就搂住了王小艳的背。

"谢谢你!谢谢你!我们可以做好朋友吗?"王小艳在张小悦的耳边快要哭出来了。她知道她肯定会说服自己,正确地对待那两幅画。虽然她并不认为事情就这么简单。

"对不起，昨天晚上在这里说了些很不负责的话。"

张小悦赶紧和解。两个人这才分开。

"不，我谢谢你告诉我怎么找李小玉，我昨天真的去了忘情酒吧，不但见到了她，还见到了陈小花。"

"啊！"

"啊！"

菲菲和张小悦同时叫了起来。

这事，闹得更大了。

黄小菲不知道事情发展得这么快，以为昨天王小艳一回家，至少昨天的事就算完了，好不容易才把张小悦说服了"以和为贵"，没想到，大半夜的她居然一个人杀到忘情酒吧，这下好了，冒出李小玉和陈小花。特别是这个李小玉，简直就是个鬼精，没事儿也想在朋友身上搞出事儿来的主儿，她还美其名曰体验生活收集素材。现在张小悦在场，又不便问。

"我今天上午还有课，我先走了。"张小悦这算是识趣呢？还是自觉惹祸了，逃跑？

反正她走了，就可以聊些秘密的事儿了。这是王小艳和黄小菲共同的想法。只是相互不知。

"好，那有空过来玩，噢！"黄小菲应付着，她满脑子里面，全是李小玉嘴里的素材。

"艳子，你怎么找到她们的？你的效率也太高了吧？"

张小悦一走，黄小菲就直接关了门，迫不及待地问。

"忘情酒吧，是张小悦昨天告诉我的，她说在那里可以找到李小玉。我昨晚十点多才去的，心里放不下，想去看看。真的就碰到了她。"

"说什么了？"

"没聊温锐，只是交了朋友，乱七八糟的谈了很多，我不知道怎么打开话题。我也没有暴露我去找她们的目的，想先跟你商量一下。"

"你还商量呢，你昨天去的时候怎么不跟我商量？"

"不是太晚了嘛，菲菲，接下来，我怎么办，帮我参谋参谋。"

"我哪知道呀，我只知道，你去招惹李小玉，她肯定不好对付。"

"对了，先说下照片和画的事，我总觉得这不像温锐的做派，会不会是其他人的阴谋？我觉得很可怕。"这是王小艳一夜未睡想出来的让她最可怕的事情。

"是呀，我也这么想呀，要真是这样，你可千万别中招儿，这个人肯定不简单。能够安排这样的局，至少是可以进你们家的人，又不知道是谁，根本无法出招儿呀。你却不能跟老温摊牌。"黄小菲已经在温锐那里得到证实，赶紧顺水推舟。

"不行，不能让他知道，他最反感我问他的感情史了，老教训我不要做罗得之妻。我们刚结婚，我可不想多生事端。你说呢？"

"嗯，对。现在重要的是，可能真的是有人预谋策划的，就希望像炸弹一样爆开，你可不能上当。要不，咱就把这一页翻过去，就当不知道，什么也没发生，你那些照片，拿来我帮你处理掉？"黄小菲试探性地问。

"我也这么想过。我想，无论他这几年做过什么，我都没有办法再改变，只能是接受。但是，我想知道所有的一切。你知道吗，能接受，与知不知道真相，是两种不同的概念。我可以接受所有可能性，但我真的想知道究竟。"

"这事闹的，真是的。"

"菲菲，你说，我是不是该约下李小玉，或者陈小花？你是不是跟她们也很熟？"

"认识，还算熟吧，她们也常来我这里。"

"啊，那你为什么不告诉我呀？"

"唉呀，来我这店里的人多了去了，我能一个一个向你汇报呀，我没那么八卦。"黄小菲尽量让自己的语言平静着。

"老实说，这五个人，你是不是全都很熟？"

"怎么说呢，全认识，我是开店的，认识的人肯定多嘛，况且，老温也是常来我这小店的。"

"那你知道什么？告诉我呀。急死人了。"

"我能知道啥呀，就算这些女人，跟老温一起在我这里喝喝咖啡，难道我去问：'你们在发展吗'？我有那么无聊吗？"

"倒也是！你了解多少，你就告诉我呗？"

"李小玉，有段时间是经常和老温在我这里喝咖啡，他们聊的话题,大多是她的书,她的嘴很厉害,思维也非常快,绝对的记者嘴,你可别惹她。"

"陈小花呢,你说说?"

"陈小花,很有才华的歌手,不张扬,看得出来,她是非常喜欢你们家老温的,但我猜想,你们家老温如果不主动追她的话,她是不会倒追的。"

"怎么讲?"

"她和老温也一起来过我这里,我仔细观察过,她虽然是酒吧歌手,一举手一投足,那简直是大家闺秀,她不会主动追男人的。我认为。"

"就这样的女人,我不信老温没心动过?"

"就这样的女人,摆哪个男人面前,会不心动?心动归心动,行动归行动,老温娶了你,她再怎么喜欢他,也没用。只说明一个问题,你们家老温,有魅力。"

"你这么一说,我安心多了,呵呵!说说另外两个?"

"另外两个,一个叫宋小婷,来我这里次数也不少,我猜想她应该是老温他们家亲戚,可能是他发小,跟他非常熟,好像是个律师。另一个叫赵小露,是个做广告的,这女孩很大方很主动,咱们最好再也不要提起她。"

"这么多女朋友,真是个花心萝卜。"王小艳不知该郁闷还是骄傲。

"也不能这么说,一个正常男人,不喜欢跟漂亮女人约会,那算正常男人吗?况且,你没回来前,他也算单身。你说对吧?关键是,老温是很有魅力的。"

"你知道的,我们大学的时候,就有个神秘的女生好像跟他交往过,他们来往还很多,他很保护那个女生,到现在都没有告诉我她是谁。"

"那事儿,你还记得呀?都过去那么多年了。"

"虽然我没再提起,那可是我一块心病呢,他越是什么都不说,我越是想知道。"

"也许,他真的不便说,或者他更清楚,说出来了一定比不说要糟糕许多。所以,你听他的,准没错儿。"

"但我就是罗得之妻,想回头看看,她是谁。"

"真的回头看见了,你就不怕真的凝固成盐柱?"

"怕呀,回头的欲望,与害怕,一直困绕着我呢。嘿嘿。"

"你看你,已经过得很幸福了,别自寻烦恼了,噢!"

"你帮我分析分析,大学时的神秘女生,是不是在这五个人当中?"

"你有怀疑对象?"

"刚听你说过的这些人,我怀疑是那个律师。"

"啊,你想象力真丰富。"

"老温不配合我,这么多年过去了,真的没法知道,我不喜欢做他不喜欢的事。"

"也许这也是老温一直爱着你的原因之一呢,他觉得他最爱的就是你,也娶了你,这不就够了吗?你是最后的胜利者,你硬要去挖那些秘密,无异于你向那些被你打败的女人宣战,没有这样的道理。"

"嗯,你说得挺有道理的,你一直最聪明,最能分析。跟你聊天,最舒服。中午我请你吃饭,去吃辣婆婆,行吗?"

"我就只有这点本事了,说几句话,就能哄到你一顿大餐。哈哈。"

"我想给李小玉打电话。"

"哇,又来了。受不了你。关键是,你打通电话后说什么呀,你准备好了吗?不是说好了,就此打住吗?"

"放心,没事,就是朋友见见面,聊聊天。"

"先说好,我可不赔你去,死性不改,自寻烦恼。"

"我真的要约。呵呵。"

"那今天的午餐肯定泡汤了,你欠着一顿。"

"为什么呀?"

"为什么?你约李小玉,她还不宰你一顿午饭,我可不赔你们两个玩心眼儿,一个字儿:累。千万别约在我这里,我可不想在这里看到惨剧上演。"

"那我先约她。她要吃饭那你的大餐就先欠着,噢?"

"看来我可要少参与,这事儿,你适可而止,有些事情,真搞清楚了,是伤人伤己。等你真走到那一步了,你就明白了。看情况,怎么劝你都没用了。事情闹大了,你后悔都来不及。"

"放心吧,我听你的,息事宁人,大事化小,小事化了。呵呵!"

第四章 针尖麦芒

　　菲菲不上当,有菲菲在一起,向李小玉道个歉,赶紧把真名一说,就可以真诚相待了。自己神经病似的,突发奇想的不隐姓却埋名的谎言,让自己郁闷,难道当时真的就那么没有底气?就因为这两个女人有可能是温锐的前女友,而不敢以温锐的老婆身份,直面人生?

　　看时间已经过了十点了,王小艳认为是时候打电话了,昨天都那么晚才回家,也许她们也会睡懒觉吧,王小艳可不想在李小玉不喜欢接听任何电话的时候,拨这个要命的电话。

　　她深深的做了一个"呼吸"。

　　小心翼翼地把手机放在耳边。如她所料,正常通信。

　　"喂。"

　　"你好,我是王……疏影。"

　　"你好,你好。"

　　"有空吗?出来坐坐,聊聊?"

"有空，有空，你要请我们吃午饭？哈哈，我刚与花花通了电话，说了谁在她挂电话后第一个打进来，我就让这个人请两大美女吃午饭，心想，如果是男人，肯定就有戏，你呢？请吗？"

"好呀，请呀！"

"那好，不宰你，在北辰西路，民族园西边，有家火锅鱼，叫上鱼舫，便宜好吃，你看怎么样？既然是你请我们，那我就不客气点地方喽？"

"知道那地方，行的行的。"

"那就这么说定了，十二点，不见不散？"

"好的好的。"

一挂掉电话，王小艳觉得自卑起来，与李小玉比起来，自己简直不会说话，本想约人吃饭，还不用开口，别人就好像知道似的，地点时间都想好了，只等我打电话去，这么令人意外的一个饭局，愕然半晌才回过神来。

王小艳不知道该不该坦白自己的身份。

不坦白吧，要想达到自己的目的，实在不容易，她现在是明白了一个道理：为了一个谎言不被戳穿，需要无数个谎言去帮助圆谎。

无论如何，迟早，坦白时，总是要丢人的。

今天中午，要不要丢人呢？

王小艳还是早到了，她约会从不迟到。

李小玉和陈小花按时到达，李小玉开了一辆黑色起亚越野车，王小艳透过落地窗看着她们下车，赶紧定了定神，想排除那一股莫名其妙的紧张。

"哈哈，你好，久等了。"李小玉的嘴和脸，永远是那么热情和灿烂。

"请，请。"

"你请我们吃饭，谢谢了，我送你一本书，花花送你一张盘。礼尚往来，呵呵！"

"谢谢，谢谢！"王小艳接过礼物，轻轻地打开包装纸，熟悉的封面，《爱情，谁是谁的号外？》。

"这本书是我最新的书，我是写爱情小说的，我对爱情故事，永远感兴趣。"

陈小花在一旁，什么都没说，只是轻轻地笑。

王小艳觉得自己找不到话题，就翻开书看起来。昨天，还没来得及看内容，一本书，置于书架时，也许就是摆设，当作者就坐在你的面前时，那种读的欲望居然这么强烈。

序名：爱情，谁是谁的号外？

署名：边郎

第一段：匆忙来去的人们，为了做一个恋人，为了得到一个恋人，各自一段忙碌的青春，经营或者怀念……

王小艳自觉心动，简单，跳跃的文字，让她同意。

"这序，是我一蓝颜知己写的，不愿署真名，他叫温锐，属于我一个人的边郎。哈哈。"李小玉坦然地介绍并发出爽朗的笑声。

王小艳突然觉得心里一热,立即觉着全身的血液向心脏加速前行。她不知道李小玉为什么可以这么坦荡。她差一点拍案而起,语言已经迅速组织好了:温锐是我的老公。但她终是控制住了自己,她倒要看看,这李小玉究竟能坦荡到什么程度?

"他是你老公吗?"王小艳尽量平静而面带微笑地问。

王小艳终于看到了这张脸不笑的画面:眼神迷惘的那一瞬间,笑容凝固的片刻,嘴角微微往左边下垂了一下。

李小玉确实在听到这句话时,思维短路,她没想到,会听到这么有攻击性的语言,而且是用微笑包装过。

一向在沟通中掌握绝对控制权的李小玉,觉得此时此刻,完全被眼前这个看似柔弱的女人一句简单的问话,打败。自己想好了的所有带有强烈攻击性的语言,只能暂时作罢,这第一回合,算输了。她从来没有被别人这样当面质问。

外人听来,最多算得上是一句相对不太理智的一个问话。

但她们自己清楚,是多么尴尬的问题。

但还得尽快回答。

"哦,不是,只是最好的男性朋友。"

"我一定会好好拜读你的作品,特别是这个序。"王小艳感觉李小玉很异常。

如果她知道自己就是温锐的老婆,她那句话是多么的不礼貌呀。

就算她不知道自己的身份,那这句话又算是什么呢?炫耀吗?

无论是不礼貌还是炫耀,作为温锐的老婆,必须予以还击,守护尊严。

王小艳感受到了一丝快感,她知道自己这句笑里藏刀的问话,直指李小玉的要害,伤着人了。

陈小花觉得自己该出面缓和一下气氛了,否则,任由事态发展,那真的就不可收拾了。

"玉儿,咱们不要再聊你的书了,我都听了一百遍了,也不要再聊你的男朋友,我也至少听到有七八个了,每个也至少说了七八回了,以后再说,以后再说,噢!来,我们为了新认识一个好朋友,干杯!"

脚底下轻轻地碰了李小玉一下。

"没关系,我喜欢听爱情故事,现在对这个写序的先生,我就非常有兴趣的。说说他的故事,好吗?"王小艳可不想结束写序先生的话题,新的线索,不断出现,这是她所期望的。也许,就这样的写序事件,温锐永远都不会亲口告诉她。王小艳更是下定决心,真的要好好做一下功课,把这几年温锐写的所有文字,都耐心读一读,与温锐在任何方面的距离,可不能越拉越远。

李小玉和陈小花暗暗觉得好笑。

她们同时觉得王小艳是一个很可爱的家伙。

缓过劲儿来了,李小玉觉得这个游戏更好玩了,一个很有意思的对手，肯定会积累出人意料的写作素材。她坚信眼前这个女人，一定有让男人着迷的特别的吸引力。在与温锐的交往中，他讲与王小艳的故事是最简洁最无语的，那么机智的人，也是无法用语言来描绘他究竟爱她什么，也只有在王小艳的面前，他才是一个所谓的爱情白痴。两个人天各一方，四年，还分手了，那份牵挂与爱，依然没有丝毫减弱，那种义无反顾，正是自己爱情小说里所需要的东西。

温锐与王小艳的迅速结婚，让李小玉惊喜，让她感受到这个世界上，是有真正的爱情的。只是自己对爱的感觉，越来越模糊。以她对爱情的理解：爱情是一种特殊频率的心跳，只属于心理成熟前的男男女女们独享的，失去后永远找不回来的东西。成年后的男人与女人，只是在选择伴侣。

现在看来，温锐和王小艳，这两个完全不像心智未成熟的人，爱情长跑了七年，依然爱得那么义无反顾。

李小玉连自己都不知道，对温锐的欣赏，或者依恋，叫不叫爱情，她只是觉得，与温锐那种无话不谈的交流，根本无法进入爱情的状态中。

两个男女因为生理的欲望，而睡在一起，起了床没有觉得谁离不开谁，一定要负责或怎么着的，那能叫爱情吗？当温锐告诉她，他已经与王小艳订婚并要马上结婚的时候，她也没觉得伤心，或者做什么去证明自己伤心，只是觉得自己是个失败者。

也或者说，温锐从头至尾就没有追过自己，跟自己在一起，也许真的出自于他内心对她写作才华的欣赏？那一段时间的常来常往，算是谈恋爱吗？

李小玉决定，一个令自己惊讶的决定。她要趁王小艳没有公开自己是温锐老婆的身份前，告诉她自己与温锐的所有故事，告诉她所有她知道的温锐的故事，她要以战斗的方式，去了解温锐与王小艳之间的那份令自己想象不出来的爱情，以战争为形式，去解构爱情的真谛，去吸收那所谓爱情的营养，解决她正遇到的爱情小说写作的瓶颈。

李小玉想，眼前这个比自己想象还聪明的女人，所有的反应与回击，都将是难能可贵的素材。

"我愿意与你分享我的爱情故事，我愿意告诉你我知道的这个写序的男人的爱情故事，唯一的条件是：你得告诉我你的爱情故事，并允许我艺术加工后写入我的新书中。但我在书中不会用你的真名，你愿意吗？"李小玉在面对聪明女人的时候，都是用这种交换的方式，用对方最需要的东西，去交换自己最想要的东西。

这可以理解为是一种交易，李小玉坚信王小艳会答应她的。李小玉已经不介意王小艳是否会知道她的企图和目的，她就是这样自我地生活着，所有周围的人，必须适应这一点。

甚至，王小艳要是知道自己认识她，而不点破，游戏就更加刺激了。

"这个交换，还是很公平。"王小艳很坚定地回答。想要了解温锐的一切，也只有用这种方式了。她现在开始怀疑李小玉从头至尾都知道自己就是温锐的老婆，对她所有的攻击,都是挑衅,最重要的是:李小玉真的知道她对什么最有兴趣。她庆幸当时的谎言也许是正确的,催生了李小玉对自己的兴趣,如果一开始我就以温锐老婆的公开身份的话,她还会明目张胆地攻击我吗?答案可能是否定的。

她宁愿相信,李小玉从温锐嘴中,得到所有温锐的感情故事。李小玉是一个作家,与温锐交往的最终目的,其中一个很重要的,就是想从他身上挖素材,无论她对温锐是否有意思,温锐是不会爱上李小玉这样具有攻击性,而且表现太过聪明的女人。

但是,如果被这样的女人盯上了,没有任何男人能抵挡得住她的诱惑,李小玉这样坚强而独立的女人,如果与男人发生了关系,只会是她害怕男人想要负责,或者男人想要她负责。

温锐和她,在床上,也一定是有故事的,王小艳坚定的推断。

"那,陈小姐的歌,也叫'爱情,谁是谁的号外?',与这个序的名字一样,写序先生,你也是很熟的吧?"

"怎么说呢?为数不多的异性朋友之一吧。"陈小花不想介入很多。

"不只是,这首歌儿的词,就是根据温锐的序的内容,我改编的,花花作曲。词的内容,是一个美丽的爱情故事,是花花和温锐的。"李小玉抢过话来。

"也许,这只是我一个人的爱情故事,也可以说是一个个误会组成的难忘的爱情故事。仅此而已。"陈小花淡淡地说。

"吃饭,就谈陈小姐与写序先生的故事,好吗?"王小艳开始有点乱,这事情越来越复杂了,她需要化繁为简,先搞清楚一个,现在看来,陈小花与温锐的那点事儿,还真得李小玉在场,方能了解个透彻。

"真没有什么好讲的,我与他,只是一场误会,我错把他对我的欣赏与约会,当爱情了。"陈小花继续保守着。

"但是,你们上床了,事情就没你说的这么简单了。"李小玉补充,很平静的语速,"这故事,你要讲明白。"

王小艳差点咬断了自己的舌头,这一惊确实非同小可。直视着陈小花的眼睛,得到了应该是肯定的答复。

陈小花此时此刻是真想打人,但她知道自己就算此刻把李小玉暴打一顿,也无法阻止李小玉说出更让自己无地自容的话来。陈小花觉得现在是多么的尴尬呀,虽然王小艳并没公开自己的身份,但她自己心里全明白,没有任何女人,可以坦然地接受自己的老公曾经与另外的女人上床。她觉得,今天完全没有办法脱身,只能是把所有的事情,说出来,也许,才对得起温锐。

王小艳没有言语,她害怕她此刻说话,会显得极不正常,她努力使自己的身体没有任何动作,尽量不去思考问题,而喝可乐,让自己清醒着。

陈小花开始讲他与温锐的故事,王小艳脑子里"嗡嗡"作响,前几分钟,真没听到什么关键的,只知道了温锐与陈小花认识是经朋友介绍。

她开始怀疑陈小花与温锐那点事，是李小玉一手策划的。

李小玉适时地补充，这个故事是有声有色。

可惜了，王小艳只是听了个大概。她大脑里关心的是，怎么就上床了？

"他在床上，还是很有魅力的。噢，花花，说说，你们怎么上的床？"李小玉挑逗着。

"我们单独约会了几次，我邀请他来我家来吃饭，他来了，餐后喝了些酒，聊了很多，我说我去冲个澡，让他在卧室等我。

"他什么都没有说，事情发生之前，到事情结束，他也什么都没有说，我想说话的时候，他总是把食指放在嘴边：'嘘'。那一刻，我确实有感受到幸福、欲望、爱情、生活的意义。"

"他没有破坏我那时拥有的幸福和快乐，尽情的挥洒着激情，我觉得，他那个序里有一段，是为我写的：'终其一生，回望，你的爱情号外：通常简洁明快具有超强震撼力——那些未必被你真正入编的爱情，也许才是爱情不曾着装前的模样，赤裸着毛发，披挂着汗滴，散发着动物本源的芬芳，如风中翻飞的纸屑，掠过盛大的喜悦，磅礴的悲伤，别致的惆怅，羽翼上扑腾的原是最无力挣脱的纠结。'这就是我现在对那段往事的回忆唯一的留存。"

王小艳最终忍不住眨了下眼睛，两滴清泪从眼角滴下。她不知道她这泪水，是为自己，是为陈小花，还是为温锐。她毫不隐饰自己，擦了擦眼睛。

"可是，幸福总是那么短暂，第二天早上，他为我做了早餐，并给我讲了一段让我永生难忘的话，他说：'我想说，昨天我不知道我做得对还是不对，但，事情已经发生了，我想告诉你，我们不应该往下继续发展了，我心中有爱人，只是不在身边，我知道，像昨晚那种状况，我无法去破坏你那时那刻的幸福与快乐，我觉得，如果我当时拒绝了你，那将是对你极大的不尊重，或者叫侮辱。我不仅仅是为我不负责任的行为找借口，我同样无法抵制我对你生理的欲望，昨天，我都不敢说一句话，我也不想你说话，我真的害怕，一点点的理智，就会破坏那属于我们两个人的浪漫。希望你原谅我。我们仍然做最好的朋友，好吗？'我当时流下了眼泪，我想，他的做法是对的，如果他当时拒绝了我，我真的不知该是死是活。我的这首歌，就是写的这个故事，他是我的爱情号外。"

"这也是我这本《爱情，谁是谁的号外？》真正的主题，从他们俩的故事中提炼的主题。"李小玉再次补充。

故事讲完了，陈小花，自己也泪花闪闪。

不需要结果的结果。

王小艳突然觉得，温锐是可爱的，她觉得，也许他做得对，如果自己是陈小花的话，那时那刻，真是任何人没有权力去破坏。这是一种西方人才懂的"尊重"或者叫"侮辱"。在国外，男人，在捧起女士的手，深情一吻一望，表达的最基础的意思是：你很美丽性感，我想跟你做爱。这是多么简单直接的赞美。男人与女人，最原始的相互欣赏，不就如此吗？

那，温锐，也算是真正的绅士？

只可惜，他是自己的老公，平添一段惆怅。

一顿午饭，吃了两个小时，王小艳接受了李小玉的邀请，送了陈小花，一起去了李小玉的家。

黄小菲自己做了一份七成熟的牛排，吃得实在不是滋味儿，她不知道李小玉会跟王小艳谈些什么，李小玉对温锐那些旧事，是了解一些的。她真不知道王小艳对温锐的情事性事，能有多大的承受能力，如果失控，该当如何？

很明显，按照温锐的说法，五张照片和两张裸画，是不可能在他的书房出现的，再多事的老妈，肯定也不会干出这样的事来。

那会是谁？有什么企图或目的？现在王小艳又盯上了李小玉，这个李小玉，正是怕山雨不来风不满楼的主儿，不行，她觉得她应该告诫一下温锐，这事情，不能失控。

"老温，打了好多次才打通，你还一点不急呀？"

"我在广州呢，事情还没办完，什么情况？"

"事态严重，张小悦的事情，基本上摆平了，这会儿，你老婆正跟李小玉一起吃饭呢？你怎么跟李小玉这样的主儿不清不楚的，有你好果子吃了。"

"今天见了我老婆，觉得她的情绪如何？"

"目前看起来，情绪稳定，没有要吃了你的动静，但是，那些照片，裸画，要引起重视，你赶紧打理好李小玉，叮嘱好你那些旧情人，不能任由艳子这样折腾下去了，否则，你死定了。"

"我能怎么办，估计还有两天，才能回去。你盯住了我老婆，要大事化小。噢！"

"看来你并不慌，噢？"

"都是些过去的陈芝麻烂谷子的事，她也问过我，我都没告诉她。她实在想知道，大不了全告诉她好了，没什么。"

"啊，你还挺坦然的，我的事，你不能说。"

"这有啥，又没什么见不得人的，我看你这块心病，也该连根儿拔了。"

"我现在根本就没有准备好，也不想影响到她，我的事，肯定对她打击很大，要坦白，也轮不到你，我自己处理。"

"好吧，没事，事情会弄清楚的，我老婆没你想象的那么弱不禁风，相信我，她顶得住一切压力，四年没见，她一回来，我就要结婚，她不也顶住了吗？"

"你呀，自己搞出的事，还不够多吗？你倒挺轻松的。"

"帮我盯住，拜托了。"

"行，上辈子真欠了你的。"

"我看你呀，早点嫁了吧。"

"我知道，不要你操心。"

"行了，就这样吧，拜拜。"

"拜拜。"

黄小菲觉得自己真是瞎操心了,她自己应该最清楚,温锐与王小艳,是没有任何人可以拆得散的。只是觉得,有些事,要自己去面对,真要命。

第五章 爱情分裂

李小玉回到家，就泡上茶。

"王姐姐，这是一个值得纪念的驴行者朋友，去云南时，带回来的普洱，是布朗族布朗王子苏国文2007年的古树生茶，喝生茶，有助减肥。"

"嗯，谢谢！"

"我相信，这个驴行者朋友，你也会有兴趣的，哈哈，她是一个疯狂追求者，追求对象，是你口中的'写序先生'。"

"是吗？她怎么称呼？"

"她叫赵小露。"

"我们先聊聊，你和写序先生的故事吧？"

"不行，咱们吃饭时，已经与你分享了花花的故事。既然咱们谈好是情报交换，现在该轮到你讲一个你的爱情故事，那就先讲你初恋的故事？赵小露与写序先生之间，可是一个关呼生命意义的爱情故事，所以，你拿任何你的爱情经历来换,都是值得的。"

"恐怕在这个情报交换上,你是要吃些亏了,我的恋爱经历,太简单,只有一次。就结婚了。"

"恋爱中的故事长,线索多,就行了呗,哈哈。"

在与李小玉的交流中,大学时与温锐谈恋爱的那段美好回忆,好像昨天刚刚发生一样,那么清淅。

王小艳和黄小菲,是从同一个高中班,考到北京传媒大学的同一班,两个女生,高中的时候,都是走读,没太多的来往,大学了,都成了外地人,住同一宿舍,好得形影不离。

那时流行学校社团,她们俩完全是看哪个社团招聘时帅哥多,于是选择了文学社,在她们看来,会写文章的男男女女,会神秘浪漫,社团的第一次见面会,温锐就是见面会的主讲人,社团里所有的男生,似乎只有温锐看起来更正常一点,所以显得格外的突出。

王小艳当时完全陶醉于他的一举手一投足中,至于他讲了些什么,她根本记不得了。但她记住了他的名字:温锐。

估计所有新进社团的女生,也都只记住了他的名字。

她还记得温锐约她吃的第一顿饭。虽然那也是认识了很久以后的事了。

"小艳,出来吃饭吧。"

"不好意思,我都已经打好饭在吃了。"

"那就直接把饭放下,出来吃,就等你了。"

"这样也可以？"

"对呀，我的朋友跟他女朋友，都点好菜了，来吧。"

"这样呀！"王小艳感觉到了温锐语气中的玄机。

她觉得，她要去。

那天中午出去了，直到晚上，才回来，吃完午饭，温锐拉着她去逛前门大街，王府井，天安门，在过马路时，温锐不知什么时候就拉了她的手，用力很大，抓得王小艳很有感觉，两个人，什么话题都找不到，就那么逛着，晚上回到宿舍，她才发现，脚都肿了，心里，还激动着。

她知道她已经是他的女朋友了。

但是，她没有办法跟任何人说，因为，他没有用语言来确认那种关系，也许心里明白着的好多话，真的不用说出来。

这算是没有承诺吗？如果心里喜欢着，需要承诺吗？如果不喜欢，就算再多承诺，有用吗？

王小艳想开了，那就做他的女朋友。直到他大学毕业，她都没向任何人说起过，他也顺利地考入文学系研究生班，他说，他要留在学校，等她毕业了，一起找工作。

王小艳常常拉着黄小菲，三人一起玩，王小艳与温锐爱情的秘密，虽然没有明确说出来，菲菲应该是非常清楚的。

温锐的追求者，真的很多，她知道，文学社团有近一半的非文学女生，就是冲着他参加的社团，她知道有一个，在他公开了与自己的恋情之后，还藕断丝连，纠缠不休，可温锐从来不告诉她这个人是谁，直到现在结婚了，她也不知道。

"每一个初恋的故事,都充满着无限的甜蜜与苦涩,你的苦涩还只是因为他向你隐瞒了他的追求者,那仍是甜的多苦的少。"李小玉听到了一个比她想象还简单的恋爱故事。她感受到了王小艳一丝苦涩的滋味儿,但她同样知道,如果真的揭开那种"历史的真相",也许更苦涩。可惜,所有的人,宁可更加苦涩,也无法抵制想要了解真相,未知的纠结比已知的苦涩更让人挥之不去。

李小玉决定,一定要揭开温锐在她那段记忆里的真相。她觉得,真相迟早有被揭开的一天,与其迟早都要面对,就无所谓是由谁来揭开的了。

"我也想告诉你关于写序先生在大学时的一段很特别的初恋经历,你有兴趣吗?"李小玉虽知道自己是明知故问,她还是希望得到对方确定的答复,她知道接下来需要与眼前的王疏影认真地交手了。

"当然有兴趣。"那将会是一个让自己纠结的故事吗?王小艳坚信自己已经做好了心理准备。

"写序先生,大学期间是文学社的社长,一手好文笔,而且长得帅,逐渐成为一个大众情人,直到大学毕业,他还不知道究竟什么叫爱情。按他自己的说法,大一到大三,他是系里和社团的干部,身边围着无数的美女,但从来都没有与任何女生有感情。按他自己的说法,他那时很害羞。"

"直到大四,他遇到了两个大一女生。他觉得,自己恋爱了。他用不同的方式，喜欢着两个女生。"

王小艳不由心里一凉，如果李小玉是从温锐那里得到的一手资料，那么，自己大学时的困惑或猜想，就是真的。

"其中一个女生，是他主动追求的，但他觉得女生是圣洁的，天天想跟她在一起，是那么纯粹，那么自然，有时候，自己有性冲动时，也觉得那是一种罪恶，她那种美丽与矜持，他感到有义务与责任去保护她。"

"而另一个女生，是主动追他的，在她的面前，他可以无敌放肆。他在这个女生身上，释放着他最原始的激情。"

王小艳听得一惊更比一惊。

自己那一段纯洁的初恋，难道同时，他会与另外的女生发生着"那个"？

她觉得，这该是不可能的。

刚恋爱的那一年，两个人不是没有犯错误的机会，但他从来都没对自己提出过性要求。

特别是大二有一段时间，自己有机会接到了旅游团，有一次自由活动了一个下午，两个人在宾馆里度过了整整一个下午。王小艳清楚地记得，聊了很多，也玩了亲亲，那事儿终也没发生。整个下午，也就是温锐穿着衣服压在自己身上时，第一次感受到了他的激动，眼神相对时，是尴尬的。经历了这样的故事后，在她看来，那时的温锐该是一个与自己一样"无知"的人。

"在两个女人之间，我的边郎是很痛苦的，他甚至觉得自己已经人格分离，心和身体，分别给了不同的女人。无法自拔。"

"这种分离的人格，持续了近两年，直到其中一个女人，发现了另外一个女人的存在。"

如果这个故事，是真的，那么，自己就是那"另外一个女人"吗，王小艳不能不这样想。因为她确定她不是"其中一个女人"。

她依稀记得，刚谈恋爱的那两年，温锐是神秘的，像一座矿山，自己就像一个矿工，挖到了无数的惊喜，这神秘矿山的另一边，难道真的还有她人在挖矿？而且与自己挖到的，还完全不一样。她不知道是否该期待李小玉口中故事的发展。

"对于普通男人来讲，这无异于一场灾难。但是温锐，却如释重负。"

"他觉得自己终于变成了正常人，不再人格分离，他用了近两年的时间，才搞清楚了自己究竟爱着谁，想要的是什么。"

"反而，解决两个女朋友的问题，对他而言，显得更容易一些。"

"她怎么解决的？"王小艳急于了解这个问题。

"他坦白了，向其中的一个女人，说出了事实的真相。我想，他那时，已经把身心，也都交给了心中的女人了。而且，这事儿还没起波澜就风平浪尽了。这男人，真了不起。"

"那，那女生，怎么会就此作罢呢？"王小艳的心思，全在那个神秘的女生身上。

"这事儿，我也很奇怪，我和温锐，本是无话不谈的，我追问过很多次，但是，他怎么也不说。他说，这是他一生的秘密，谁都不会说的。"

"那你知道那女生，叫什么名字吗？"王小艳装着很平静似的随意问了一句。

"不知，我也想知道，如果知道这个女生的话，我还想采访她呢，哈哈，多好的素材呀。"李小玉一脸的遗憾。

王小艳仍然感到非常失落，如果这是真的，在她看来，温锐就好像是一个从正面看过去完美的男人，背后却有那么多的"暗疮"，现在，这个背上长满暗疮的男人，却是自己的老公。

她不知道自己是否该相信李小玉的话，也许自己真的应该停止行动，事情的真相，也许正如菲菲分析的，知道比不知道，要糟糕得多得多得多得多。

现在最紧要的，是要说服自己，无论如何，也得去原谅温锐的过去。

在当代社会，也许每一对男女，在步入婚姻前，都要想清楚一个事实：是否去接受自己爱人的情感历史，如果不能接受，对于不知道的，就永远别去探索。

否则，无异于就是：自残。

王小艳现在就有自残的感觉。

而且，她无法停止行动。她感觉到了：李小玉已经盯上她了。

她甚至感觉到了：李小玉从头到尾，都知道自己就是王小艳，就是温锐的老婆。

要不，她为什么老盯着温锐那点破事儿，跟自己聊呢？

也许，自己以真实身份与李小玉交流，反而会让李小玉有顾虑，有些东西说不出口吧，她想。

也许，她根本没有任何顾虑，她只关心她的素材，从不考虑别人的感受。

要想跟李小玉这样的女人做朋友，就必须要有足够的承受能力，或者忍耐力，或者包容度。

王小艳倒真想听听，李小玉对于她自己的情事性事，是否也是这般随便示人。

"你说，写序先生，是你一个人的边郎，说说你们俩的故事呗？"王小艳已经不再担心李小玉的感受，跟李小玉这类人聊天，就得用李小玉谈判的方式。方能投机。

"我盯上他很长时间了，他是一个有魅力的男人，我喜欢跟这样的男人在一起，从他身上，可以得到很多自己想要的东西，比如：他为我写书提供了非常多的素材。"

"对这样的男人，你不心动吗？"

"曾经心动过，可能是太过理智，又无话不谈，无法发展为情侣，或者说，根本没有情侣的感觉。我认为，年纪越来越大，爱情的感觉不再那么明显。注定只是无话不谈的朋友。做朋友，可以一辈子，真要发展了，也许不合适的话，连朋友都没得做，那不是很可惜吗？"

"你说，他在床上也是很的魅力的，你和他，也……"王小艳仍觉得与李小玉不够熟，甩了个问号给她。

"只是有过一次，很遗憾，无法有第二次。"

"怎么讲？"

"异性朋友，交到了无话不谈的地步后，男人是不会向女人要性的。"

"那你们仍然发生了呀，难道不是他找你要的吗？"

"那样的要求，可能是无法复制的吧。"

"那说说？"

"当时我们在通电话，就聊到了性，聊得大家心里都痒痒的，然后他说：'咱们不要再聊性了，受不了这寂寞。'我不同意，于是他就说：'你要是这会儿，来我这里，我一定不会放过你。'我没挂电话，开车就去了。"

"啊！就这样？"

"是呀，我当时想，我倒要看看，这个男人，能不能说话算话。"

"没别的？"

"再有就是：我觉得他说出这样的话，已经很不容易了，如果失去这次机会，就怕再也没有机会了，结果是，就算抓住了这个机会，也没有了再次的机会。"

"那你总不能直接就去吧，总得说一声吧？"

"说了呀，当他说出不放过我的时候，我就说：'我倒要看你有没那胆儿，我现在就去。'他马上就后悔了，回我：'你可别真来，我可没打算要对你负责任。'但我还是去了，因为当时就在他家附近，很快就到了。"

"进门不尴尬吗？"

"熟人了，从走进门的那刻起，两个人都没有回头路了，就只能任由事态发展，避免尴尬的唯一办法，就是用身体说话，闭上嘴。大家心里都明白，都不需要负责任。但那个特殊时刻，相互心中承诺的事情，也必须发生。就这样发生了。"

王小艳是第一次听这样的故事，这叫做什么？偷情？一夜情？都不是，也都算。

而且自己，是无法去质问温锐的，那是在他单身期间的自由。

"事后，你们还那么无话不谈吗？"

"因为双方的最后防线都被彼此攻破，就更无话不谈了。就这样，他告诉了我很多他的故事，包括他心中的爱。从他那里，我知道了：男人在欲望时是抵制不了诱惑的，只是聪明的男人，不用付出代价。也许，男人爱的空间里，只有一个女人。"

"他怎么可以这样？"王小艳还是不解。

"应该说，所有的男人，心里都是这样想的，只是，不同的男人，会有不同的行为。我觉得，所有的男人或者女人，都是好色的，只是表现在不同程度的心动，或者行动。"

这一半天谈下来，在王小艳看来，李小玉，简直就是一个爱情专家。

爱情专家，是无法解决自己的爱情问题，就像心理学家，需要别人为自己诊断心理问题，一样。

王小艳感受到了李小玉对爱情的无奈。

李小玉说，爱情无法在两个个体的男女之间永恒，"两情相悦"终会偃旗息鼓，彩虹和露珠的美丽终究敌不过消失的命运。

在李小玉看来，爱情，只是一种选择，选择了男人，就是选择了这个男人的爱情？

在李小玉看来，爱情，只是一种生活方式，爱一个男人，只是爱上与这个男人一起生活的方式？

李小玉的爱情观点，对于王小艳来说，是新鲜的，她需要时间去消化。

与李小玉聊天，胸中一阵一阵地烦闷，王小艳赶紧从她那里逃掉，想直奔菲菲咖啡屋。

在出租车上，她实在忍不住，哭了。

也许是憋得太久了，眼泪像泄洪似的。

刚一天多的时间，确认了四个女人，睡了自己的男人。

还有那个驴行者赵小露，应该是菲菲说的做广告的赵小露。

律师宋小婷，又是什么来头。

现在，五张照片，对上号了三个，赵小露和宋小婷，哪里去找呢？

现在看来，张小悦，李小玉，陈小花，都不是与自己同时期温锐的神秘女友。

王小艳一团乱麻，走进菲菲咖啡屋，正是下午学校刚放学的时间，人多得找不到空桌。

黄小菲忙得无暇理她，王小艳觉得很无趣，她匆匆打声招呼，决定回家。

她想到了人肉搜索。

既然知道了这两个女人的名字，就不怕她们不在网络上留下线索。

她突然想，要不，也搜索一下温锐？

一回到家，王小艳迫不及待地打开《爱情，谁是谁的号外？》。

她要先看看，温锐帮李小玉写的序。

爱情，谁是谁的号外？

——边郎

匆忙来去的人们，为了做一个恋人，为了得到一个恋人，各自一段忙碌的青春，经营或者怀念……

本书中的恋人们不在心心相印中相守，而在恍恍惚惚中错位：一凝分明是平楚的恋人，平楚却娶了蔚；蔚爱上了阡陌，阡陌唯一的家里住的是丽；丽是皓的梦，皓的现实只捕捉到丽的影子……

爱情，走在注定要失去的路上：蔚在沉默的爱情里找到自己；皓在失去的爱情里放逐自己；平楚在世俗中，跳着没人看的舞蹈圆满自己；一凝在绝望里，守着一座无人讨伐的空城坚持自己；木村在灰暗的日本开着藏馆，收藏自己⋯⋯

《辞海》对于"号外"的解释是："定期出版的报刊，在前一期已出版，下一期尚未出版的一段时间内，对发生的重大新闻和特殊事件，（报社）为迅速及时地向读者报道而临时编印的报刊，因不列入原有的编号，故名。"

如果爱情也有编号，那么在那些秩序井然正襟危坐的编号外，又游离着多少号外？前一期已隆重谢幕，后一期还姗姗未至，在时间的缝隙里，谁是谁的号外？

按部就班的出版精雕细琢无懈可击，如同浓妆淡抹的爱情，或艳或雅，终归庄严厚重，有迹可寻。临时增出的小张报纸，如同民间的小道消息，影影绰绰，看似喧哗，总是散落一地，随风各各。经常与偶尔，从容与倏忽，孰重孰轻看似了然。

无数人熙熙攘攘在爱情编码里不断地重蹈前辙，宛若电脑里0与1的闪烁，幻化出万象，电源一灭，偃旗息鼓。真相寂寥——不尽卑微，无穷荒凉，兀自坚持，只是奔赴一场孤独的盛宴。然而"号外"，往往却是重大的消息或特别的报道的承载。终其一生，回望，你的"爱情号外"：通常简洁明快具有超强震撼力——那些未必被你真正入编的爱情，也许才是爱情不曾着装前的模样，赤裸着毛发，披挂着汗滴，散发着动物本源的芬芳，如风中翻飞的纸屑，掠过盛大的喜悦，磅礴的悲伤，别致的惆怅，羽翼上扑腾的原是最无力挣脱的纠结。

　　本书作者的文字具有独特质感，是一把刀，一刀刀划开爱情那件袍，让你看清它的底色；戏剧家爱把有价值的东西撕碎了给你看，那叫悲剧。而本书，是要把爱情切碎了给你看！一字一句，在美丽中狰狞着，带有一种冷媚的力量，摧毁你对爱情的信仰！作者认为，爱情无法在两个个体的男女之间永恒，"两情相悦"终会偃旗息鼓，彩虹和露珠的美丽终究敌不过消失的命运。在文字的肆意游走中，思想始终醒目着，为我们带来迄今为止最清醒的爱情哲理："如果冬天来了，一定要取暖。如果爱情来了，一定要转身。"毫不留情地剥落爱情盔甲上最后一个鳞片，那个传诵了千年万年的谎言被一语道破！

　　"如果冬天来了，一定要取暖。如果爱情来了，一定要转身。"

　　这就是李小玉对待爱情的态度？她不相信爱情。这是一个可悲的女人。

　　温锐也同意了她的观点吗？

正如李小玉所说，这本书，里面有很多素材来自于温锐的生活？

　　那么，在自己没有回国之前，温锐也不相信爱情，如他序中最后的观点：爱情，是传诵了千年万年的谎言。

　　那么，这四年时间，给温锐带来的伤害和寂寞，与自己的后悔与心痛，是成正比的？

　　她反复地读着那段文字：

　　"终其一生，回望，你的'爱情号外'：通常简洁明快具有超强震撼力——那些未必被你真正入编的爱情，也许才是爱情不曾着装前的模样，赤裸着毛发，披挂着汗滴，散发着动物本源的芬芳，如风中翻飞的纸屑，掠过盛大的喜悦，磅礴的悲伤，别致的惆怅，羽翼上扑腾的原是最无力挣脱的纠结。"

　　也难怪陈小花那么喜欢这段话，在陈小花看来，温锐就是她的爱情号外。

　　那么，这段文字里，温锐的爱情号外，又是谁呢？

　　是自己吗？

　　或者，是那个同时期的神秘女友？

　　她突然觉得，温锐这序，写得真好。

　　也许，每一个读者，看到这段文字，都会回望自己爱情的号外。

　　可惜了，自己的爱情，没有号外。

　　王小艳终于从这个序中，感受到了温锐的爱。

从形式上看，这四年中，肯定有不少女人给了他求婚的机会，可是他没有。他却向我求婚了，虽然显得仓促，也应该是不曾着装前的模样。这种幸福的感觉，与心痛，一样强烈。

"痛，并快乐着。"大抵，也就如此吧。她想。

第六章 冷面妹妹

王小艳对赵小露和宋小婷进行了人肉搜索。

叫赵小露的人,还挺多的,没有一个,与"广告,驴行,温锐"这些关键词有关联的。

宋小婷,就不同了,信息非常多。还建了百度词条,配了一张律师服照片。

她的简历非常耀眼:北京政法大学本硕连读,现为北京某律师事务所当家律师,合伙人之一。

经手的案子,更是不胜枚举。

王小艳从书架上拿下一本近期温锐单位的杂志,翻开版权页。

果然往来甚密。

她的事务所,正代理温锐所在杂志社的法律事务。

得来全不费工夫,宋小婷的事务所座机电话,就在杂志上写着呢。

客厅电话响着,温锐终于有空打电话回来了,王小艳想。

电话接起来,却是婆婆的,她才想起,回来两天了,都没给她打电话,自己都觉得自己不懂礼貌。

"妈,昨天回来的,还没去看您,对不起!"

"小艳呀,我也是刚接了锐儿的电话,才知道你们提前回来了,你过来吃晚饭吧,你爸约了朋友不在家,我也约了朋友来家里玩。"

"嗯,好的,妈,我马上过去。"

"孩子,温锐工作上的事,耽误了你们的假期,别放在心上,工作要紧。来日方长,以后有空了再去度假补上。"

"放心吧,妈,我知道。"

放下电话时,心里老大不爽,一天多,也不打个电话,还叫老妈查我的岗?

这就是温锐,几年前刚谈恋爱时,就已经这样了,何况结了婚。

王小艳觉得自己跟婆婆相处的日子,实在不多,更谈不上哄她开心了,大学的时候,温锐很少带自己回家,带回家,也是趁父母不在,过二人世界。在国外四年,更是和他父母没有任何往来。

回国后,也是在决定结婚了,才去他父母家,把结婚的事情当面说了。

王小艳当时真看出婆婆的惊奇,还好,因为他父亲的高兴，冲淡了那种惊奇，当时，一派庆祝气氛。

但女人的直觉告诉她，在婆婆眼里，自己出现得太突然了。

确实很突然。

温妈妈是个会计，北方电力集团总部为数不多的注册会计师之一。因为做财务工作的关系，严谨持家。当然，也操持着家中的"财政大权"。

温妈妈有一个最好的朋友：同事了20年的好姐妹宋玉梅，是宋小婷的母亲。

两个妈妈早就计划了，等两个孩子长大，给凑一对儿。

早在宋小婷十岁时，就认了温妈妈作干妈。

只不过，由于温锐比宋小婷大了四岁，到了他谈恋爱的年纪，小婷还没长大，又都不想影响孩子的学习。等到温锐大学毕业，他跟妈妈申请要带女朋友回来时，宋小婷刚参加完高考，两个妈妈根本没来得及行动，二人十年计划化为泡影，这才慌了神，有意加强两家的频繁来往。为温锐和宋小婷，创造在一起的机会。

当年，温妈妈实在是太喜欢这个长得有模有样，打扮新潮时尚的干女儿，能说会道，把亲妈干妈的一并都哄好了。

温妈妈与他进行了正式交谈。

"儿子，你不是挺喜欢小婷的吗？怎么又谈了其他女朋友？可不能脚踏两只船。"

"妈，你说什么呢，小婷是我妹，我哪能跟她谈恋爱。"

"你们可是从小一起长大的,青梅竹马。她可对你有意思,噢,她上了大学,你们也就可以谈了,我和你宋姨,可都盼着你们俩,发展发展。"

"妈,爱情,是一种很奇妙的感觉,我和小婷就是兄妹的感觉。你们可别乱点鸳鸯谱。"

"那你们俩,没试过,怎么知道没感觉?"温妈妈用两个食指,轻轻地点了几下,向儿子示意。

"没有,妈,那哪能对她下狠手呀,她是妹妹。"

温妈妈无语了,儿子长大了,说不过他了。

温家,就在北太平庄花园路上的庚坊国际。王小艳很快就到了。九楼下了电梯时,另一个电梯也开了门。

两个女人,各自从一个电梯里走出,当王小艳按下门铃时,那个女人就站在身边。

王小艳这才回头去看她。刚找到的电话,也不用打了。

那张脸无疑是熟悉的:宋小婷。照片,一点都没走样,连衣服都是一样的。

为什么她也来温家?王小艳一脸的疑惑。

开门的是温妈妈。

"噢,你们俩同时到了?这就可以开饭了。"温妈妈接过宋小婷的包。

硬生生的,王小艳一句话没憋出来。

"来,小艳,我来介绍一下,这是我最好的朋友,你跟着锐儿叫宋姨。"温妈妈站在宋玉梅身边。

"宋姨,您好!"王小艳赶紧招呼。

"小婷,是我的干女儿,你宋姨的女儿。"

宋小婷从头到尾,没说一句话,进门干妈亲妈各抱一个,就钻进洗手间了。

也许,宋小婷和王小艳一样,没有任何心理准备,就见了面。

王小艳觉得这么重要的人,在婚礼上,一个照面都没打,这有点不合逻辑。

"结婚那天,我见过宋姨,倒是小婷妹妹,没见着。"

"有案子处理,去外地出差了,这不,前两天才回来。"宋妈妈终于开口说话了,这个宝贝女儿,喜欢温锐,自己不知道下手,从听到温锐要结婚,状况越来越多,真替她担心。

王小艳的心思,全在宋小婷身上,温锐可从来没提过他这个干妹妹。

看得出来,两家人的关系还真的不一般,婆婆的干女儿,估计婆婆更愿意她的干女儿做她的儿媳妇吧?王小艳突然这样猜想。现在,她大概猜到了谈恋爱的那些年,温锐为什么不带自己回家了。还以为他对自己还有些勉强呢。

难道宋小婷,就是那个神秘女友。王小艳越想越觉得。

如果小婷就是神秘女友,如果李小玉的话是真的,那么,温锐不会不负责任地就和她上床吧?王小艳很快就又否定了刚刚建立的想法。她不相信温锐对宋小婷下了手敢不负责任。

她坚信,对于宋小婷这样的身份,温锐只要做出了格,就没那么容易脱得了干系。她开始相信,也许,宋小婷与温锐之间,可能是最清白的。

宋小婷喜欢温锐,一定的。在门口时,那对望的一眼,王小艳就感受到了。

王小艳同时也感受到了压力,对于婆婆,还真得多花些时间和心思,按温锐的说法:处一处,哄一哄。

自己虽是温锐的老婆,但她知道在这三个人面前,自己对温锐的关心和爱,是不够的。只能靠长期的时间和真心,去改变这一切。此时此刻,她找不到一个可以跟婆婆促膝长谈的话题。

儿媳妇总是敌不过女儿的,哪怕是干女儿。

如果你确认知道不是别人的敌手,就不要与之成为敌人。王小艳完全明白这样的真理,于是暗暗下定决心,一定要用正确的方法,与宋小婷结成盟友。

想到这里,王小艳突然觉得轻松多了。

"小婷妹妹,走,我们出去喝咖啡,聊聊天。"吃完饭,王小艳当着温妈妈和宋阿姨的面约宋小婷。她觉得这种方式不容易被拒绝。但她并没有想好要聊什么。

温妈妈和宋妈妈相互望了一眼,宋妈妈迅速递了眼神给宋小婷。

"好呀!"一顿饭吃下来,宋小婷终于挤出了一个笑容,"去哪里?"

"我们去电影学院北边的菲菲咖啡屋,行吗?那是我最好的朋友开的,从这里往北,穿过小月河公园,散过去,也就二十分钟。"

"妈,宋姨,你们聊,我们出去了,一会儿就不回来了,直接回家了。"临出门时,王小艳跟两个妈妈套近乎。

进了电梯,宋小婷直接按了地下二层,平静地说:"坐我的车过去吧,菲菲咖啡屋,我知道。"

王小艳这才想起,宋小婷与菲菲也是认识的。

宋小婷一上车,就换了个平跟布鞋开车,王小艳从进婆婆家门时,就有心观察她的一举一动。宋小婷实在是一个职业女人,按时间来算,比自己小,全身散发着智慧,连语速都比较快。进门就跟干妈亲妈各来一个拥抱。她觉得这点真值得学习,要说自己,也喜欢这样,但是,朋友还做得来,跟家人,还真做得不好。

"小婷妹妹,你跟温锐,关系不错吧?"王小艳想打开话闸。

"怎么说呢,我比他小那么多,小的时候,是他的跟屁虫。"

很简单的一句话,传达出宋小婷明显很怀念儿时与温锐混在一起的日子。

王小艳无法与宋小婷以"少年温锐"展开话题。也许,是宋小婷不想跟自己说话吧。

菲菲咖啡屋的温馨与随意,会让任何一个去过的人,愿意再去。

来这里的人，差不多都相互认识，人多的时候，两三拨人能自觉拼桌，服务员忙不过来时，客人自取自便，或者就自己煮咖啡。慢慢的形成了一种现象：好多人，就是自己来店里煮咖啡，黄小菲与时俱进的，在离店门最远的角落里，每一桌都放着一套完整的煮咖啡的工具。没想到，这反而成为咖啡屋的重要卖点，没过多久，咖啡屋里能放咖啡机的桌子，黄小菲都备上。而今，逢周末或高峰时间，提供电话订座服务。

　　宋小婷原本是不喜欢喝咖啡的，觉得苦就算了，关键是不能让她按时睡觉。

　　宋小婷来这个咖啡屋很多次了，只不过，她与其他的客人不一样，她不愿意去跟温锐以外的任何人，做无趣的交流。甚至连温锐口中亲密的"菲菲"老板，她也不想与她多说一句话。

　　在煮咖啡的小世界里，只有温锐，一如她心中的男人，从五岁开始，就只有他。

　　但是现在，她对煮咖啡喝咖啡有了依赖。

　　她觉得，温锐喜欢喝，她就应该很喜欢煮。

　　当宋小婷觉得煮咖啡，很有心得了，自己一个人却喝不出想要的味道。也许，真不是咖啡有多么好喝，而是喝咖啡时的心情很重要。

　　今天却跟王小艳一起煮咖啡，这是她从来没有设想过的场景。

　　注定，这杯咖啡，是难以下咽的。

那就干脆，糖都别放。

当两个女人前后走进菲菲咖啡屋时，黄小菲的表情，差点失去了她作为老板应该有的风度。

"菲菲姐，我要煮苦咖啡，有空桌吧？"宋小婷看似平静的语言，充满着挑衅，因为后边跟着王小艳。苦咖啡，是要煮给自己喝呢？还是王小艳？

"去吧，老座位留着呢。"那应该是温锐的老座位。无论什么时间，黄小菲喜欢把温锐爱坐的位置预留到最后，客不满时，那桌，就会永远空着。

如果是开店做生意，留一个空间给某个客人，说明这个客人是重要的，或者不打招呼又常来的。

就好比一个女人，永远会为某个男人，在心里留一个空间，当男人出现时，这个空间，就是装男人的，男人不出现时，就空着。这叫做某种形式的爱情。

宋小婷坐了煮咖啡的位置，王小艳只能坐她正对面，那是温锐常坐的椅子。

王小艳找不到任何话题。

"嫂子，你想跟我聊什么？"宋小婷直视王小艳的眼睛。

王小艳这是第一次听别人叫她嫂子。

她高中时，有男同学追菲菲，其他男同学，都叫菲菲：嫂子。气得菲菲整天喊着打人。那时，自己曾幻想，如果大学谈恋爱了，男朋友是不是有一帮小弟，过来叫自己嫂子？

可惜，大一，虽然觉得恋爱了，但谈得太"心照不宣"了，温锐根本就没有确认过与自己的任何关系。那自己更没办法到处张扬了。温锐也从来没带自己与任何他的小弟小妹见过面。

真正恋爱时，与自己无数可能的想象，都完全不一样。

现在，宋小婷喊了一声"嫂子"，对王小艳来说，真是一个迟来的兴奋。

"我们就聊一聊：妹妹心中的哥哥。"王小艳有意想把没有血缘关系的干兄妹，关系拉得更近一些。

"小的时候，保护我，长大了，欺负我。"宋小婷用最简单的语言，总结了自己的真实体会。

宋小婷小的时候，对温锐的依赖，可能就只是妹妹对哥哥的依赖。但从小到大，总是会拿温锐去跟所有认识的男同学，进行比较，温锐总能比过其他人。当同学们在讨论爱情的时候，她开始反思自己对温锐的依赖，初中二年级，就回家问妈妈："我可以爱温锐哥哥吗？"得到的回复是：你可以爱温锐哥哥呀，但是要等你长大了以后。在她看来，她是要长大后去爱温锐的。高中的时候，同学们都在讨论你爱我，我爱他，他爱她这些可能性时，她坚定了自己是爱温锐的，从小到大。既然妈妈同意了上了大学就可以跟温锐谈恋爱了，想谈恋爱便成了她学习的动力。

当她拿到大学录取通知书的时候，首先想到的是告诉温锐，结果，他只平静地说：小婷，恭喜你。"难道他并没有等我考上大学，就来追我吗？"宋小婷不知所措地问宋妈妈。

"温锐比你大，当然就比你成熟得早一些，你现在刚考上大学，他已经大学毕业了，所以，谈恋爱的事，慢慢来。噢！"宋妈妈刚从温锐妈那里知道他有女朋友了，也不想破坏女儿对温锐的那份叫做初恋的感觉。

在宋小婷看来，从拿到大学录取通知书那天起，温锐开始欺负她。

他不再主动找她玩了，周末常常玩神秘消失。

自己主动约他时，经常遭到拒绝。她觉得太没面子了。

对温锐的爱，妈和干妈肯定早就跟他沟通过，也许正因为他知道，反而躲着自己，她想。

"难道要我向他表白吗？"宋小婷觉得自己终是说不出口，但她一直努力着，争取着。

今天，居然这样直白地向王小艳说话，令她自己也非常意外。这完全不是她的风格。"欺负我"这样的词，都从来没跟温锐说过。她倒真的想了解一下，眼前这个看似柔弱的女子，究竟有什么魅力，在温锐面前，自己连竞争的机会，都没有。

王小艳也挺意外的，宋小婷似乎并不想掩饰自己喜欢温锐的事实。以女人对女人的直觉，一听就知道怎么回事。

"他怎么欺负你的？嫂子帮你对付她。"王小艳一脸单纯可爱，打破砂锅。

宋小婷更意外王小艳居然这么问自己，如果不是智商有问题，一定是情商太低。但自己，还真不知道怎么回答她这个问题。

难道向王小艳说温锐明知道我爱他，他却不追我？宋小婷突然觉得自己思维短路，这是作为一个律师所不允许的。她要迅速予以还击。但一时，还真找不到既不重伤温锐，还能打击王小艳的说辞。

"你不觉得他对爱情的理解，很偏执吗？"宋小婷大学是优秀辩手，绝对不会让自己词穷，轻松一个反问。

王小艳还真没跟温锐讨论过爱情，谈恋爱时，糊里糊涂爱了近两年，第一年，就那么情书来情书去的过去了。第二年，当所有的女同学们，在带旅游团时只要有机会全陪有独立房间的，都把男朋友叫去一起全陪。王小艳整整心里矛盾了一年，才去争取到带团的机会并鼓起勇气约温锐。这恋爱，才有了实质性的发展。但让她难忘的，仍是大三时，那些在操场，花园里的激情夜晚，一直有一件事令她好笑又害羞，回宿舍熄灯后，在操场花园里刚恋爱完的女生们，陆续地聚积于洗手间，洗涮：下身。

也许女生们彼此都知道是怎么回事吧，天天这样，习惯了，也就坦然了。但王小艳觉得自己一直坦然不了，她觉得就像是赤裸了心，被别人偷窥了，于是尽量去得晚一些。但是，仍是会碰到很多人的。也许确实要洗涮的人太多，亦或，很多女生跟她一样的想法：晚点去。

"我们讨论得还真的不多，请教。"王小艳不知为不知。

"根据我对他的了解，他对爱情，有病态分裂人格的一面。"宋小婷刚刚总结的，夸大的词句。注意观察着王小艳脸部的变化。

王小艳虽然听着吃惊,但脸上没有表现出来。她还没搞清楚事实真相的时候,不会随意下结论,她认为女人往往因为听信一面之词容易做出错误判断。兼听则明,偏听则暗。

这点道理,还是懂的。

"我愿闻其详。"王小艳仍然显得那么自然。

"我这么去讨论我们都应该关心和喜欢的人,是不是不对?"宋小婷试探着。

"这当然没事啦,我们并没有做伤害他的事,所有正面的或反面的讨论,也只是为了未来更加幸福。"王小艳鼓励着宋小婷。

"当着他面时,我也这么说过,所以,就不算背后说坏话了。"宋小婷原本打算用语言刺激下王小艳,没想到她这么平静地就对付了,反而觉得这样说下去没有意思,有想打住的意思:顾左右而言它,"我和他,经常讨论中国传统文化中的礼仪与道德,分歧很大。"

很明显,既没跑题,也没恶向发展。

王小艳接受了中西两种文化的教育,对宋小婷与温锐关于传统文化中的礼仪与道德的分歧,能理解到,无非就是中西方文化的差异罢了。温锐吸收了大量西方文化的精髓,对于男女,自然讲对等关系,而宋小婷愿意认同中国古文化传承下来的男女从属关系,这也许就是温锐不会爱宋小婷的真正原因吧,她想。

王小艳庆幸自己了解到了这一点,她至少作出一个判断:从思想交流上来看,温锐与宋小婷,就像两条平行线,如果两个人,都坚持自己的方向,那就永远不可能有相交的时候。

就在中午,王小艳听到李小玉关于温锐对性的态度的论题时,就在思考这个问题。

在她看来,温锐就是一个西方人的思维习惯。虽然自己曾经非常讨厌西方人对性的态度,当见到所有的男人,都是同样的思维时,反而,这种本来认为不正常的生活态度,变得正常化。

就拿住宾馆来说,在西方,如果一对不相识的男女,为了节约钱住在一间房里,不会害怕别人对他们道德的拷问。如果两个无论相识或不相识的男人,住在一间房里,他们会害怕别人误会是同性恋。但在中国,刚好相反。

所以,王小艳用西方人的思维来看待温锐时,就可以原谅他的过去。但却要控制他的将来,必须如此,她想。

人有一种免疫力,当受过强大刺激并挺了过来,小小的刺激就显得微不足道了。更何况,这种刺激也并未最后得到证实。也许,真正证实的时候,也会受重创吧。她开始反省自己,希望自己将来可以不要去证实什么。

没有话题,再深入下去。

黄小菲终于忙完了,客人也走得差不多了,她一直在想,这两个女人,要是斗起来了,王小艳是要吃亏的,她挣扎了很久,才走过去,想了解下状况。

"小婷妹妹,再加点咖啡吧?"黄小菲决定要给这两个女人免单了，这是她要参与她们谈话的代价，自己再拿了一盒上好的拿铁。没有办法不免费，凡是朋友第一次来，都是要免单的。虽然王小艳和宋小婷都不是第一次来，但她们俩是第一次一起来的。这就是免单的理由。"刚忙完，不好意思，没来照顾你们。"

"来，菲菲，坐。"王小艳正觉得尴尬没话题。

宋小婷礼节似的点了点头："谢谢。"

"我来煮吧，尝尝我的手艺。"黄小菲只能以咖啡为话题，"不会打扰到你们谈话吧？"

"我就喜欢你煮的咖啡。"王小艳接过话，却不回答黄小菲的问题。

三人，以咖啡为主题，聊了一会。

宋小婷觉得无趣，走了。

王小艳留在了咖啡屋，她想跟黄小菲聊一聊多年来，埋藏在自己心底的疑问。

第七章 情报交换

"菲菲,我从李小玉那里知道了很多大学时的事。"王小艳抓紧时间说。

"什么?"黄小菲大吃一惊。

"关于温锐那个神秘女友。"王小艳想一吐为快,"连我自己都不敢相信,在我认为纯洁的初恋过程中,有另一个女人,跟他的身体热恋着。你能相信吗?"

"这是温锐告诉她的?这种事情,老温怎么能到处说。真是个混蛋。"黄小菲也急了。

"我感觉,那是真的。虽然不愿意相信。"

"都是多少年前的陈谷子烂芝麻了呀,亏你还受了西方教育,这种事儿,心里还放不下?"黄小菲追问着。

"不是心里放不下,是真好奇。"

"好奇害死猫,那道理你还不明白吗?"

"现在不仅仅是我好奇的事了。我觉得事情一点儿都不简单。首先,书房里的五张美女照片,绝对不是偶然的放在那五本书里，这是某个人，想要给我传达什么信息。其次，我现在已经知道了这些女人与温锐的很多情事性事了，我能罢手吗？心，已经伤透了，那就一次伤个够，以后就不会为此神伤了。最后，我心里的纠结，终于就要解开，我得抓住这个机会。否则，一辈子郁闷。"王小艳滔滔不绝地分析。

"李小玉跟你，究竟聊了些什么？"黄小菲究竟也是好奇的。

"聊了陈小花与温锐的情事性事，她自己与温锐的情事性事，还有就是温锐那个与我同时期的神秘女友。"

"她直接告诉你：她和陈小花，都跟温锐睡过？"黄小菲还是不信。她主要不相信李小玉会把自己跟男人睡觉的事，拿去跟那个男人的老婆分享。

"就是呀，怎么睡的，都说清楚了。就差说睡的细节了。"

"那，怎么睡的？"黄小菲迫不及待。

"你不也好奇吗？"王小艳把陈小花和李小玉，甚至那位神秘女人，与温锐的事，都告诉了黄小菲。

听得黄小菲煮咖啡差点没拿准时间。

黄小菲对温锐与任何他的女性朋友所发生的事，虽然知道不少，但原本兴趣不浓，此时些刻，就算是你不想知道的事，却有人主动要跟你说，兴趣也会被调动起来。

黄小菲觉得，就算听到了，也无妨。事实是温锐终是没有说那个神秘女人是谁。

会不会，终有一天，神秘女人，不再神秘？黄小菲非常焦虑。

王小艳和黄小菲聊到了晚上十二点。才回了家。

明天，温锐就要回来了，王小艳突然知道了这么多也许温锐一辈子都不想告诉她的事。

有些事实，她认为已经不需要向温锐求证了。但另外有些事实，非得温锐开口，才可能有真相。

陈小花这样的女孩子，总不会拿自己的的清白，去撒一个谎吧？这代价也太大了。

王小艳突然感觉到，陈小花也是认识自己的，她是被李小玉逼得只能说出她与温锐的故事，她是要用她真实的故事，来告诉自己一个事实：她和温锐只是在错误的时间，错误的地点，发生的错误的、不会有下文的故事。

没有其他任何理由，可以解释为什么陈小花那么坦白。

陈小花和李小玉，从一开始就知道自己就是王小艳，温锐的老婆。她确认。

之前所认为的可能性，居然就是事实。李小玉利用自己隐瞒身份，把她知道的关于温锐的事，通通告诉了自己，有什么目的？

王小艳打了一哆嗦，她不敢往下想。

可是，李小玉还留着一个秘密，赵小露与温锐之间的秘密，还是"关呼生命意义的爱情"。这个雷，也埋得太深了。在李小玉家，还没来得急追问这个故事，时间就已经没有了，注定还得约李小玉。这可能是李小玉故意安排的吧，王小艳几乎可以确认。

李小玉，绝对不会断了与自己的联系，她已经盯上了自己这条"超级线索"。

不管她有什么对自己不利的企图或目的，一定不能让她得逞。王小艳知道自己一时半会儿是睡不着的，就坐了起来。她要了解下李小玉这个人，通过《爱情，谁是谁的号外？》。

王小艳看了一夜的书，天快亮时才看完，终是睡着了。

蜜月中断第三天。

被叫醒的时候，已经是中午十二点了。

王小艳呆呆地看着温锐。她没有像她想象那样，迅速抱住他。这反而应该是正常的反应。突然想起，书房书桌上，还整齐摆着那五张照片呢，怎么这么重要的事情，也都忘记了。

她在心里默默地数着123456789，让自己永远不要有火气。

"老公，对不起，我看这本书，睡晚了，所以。"王小艳为自己大中午十二点还在睡觉解释着。

"没事，这本来就是咱们的蜜月，当然可以睡觉啦，一会儿我跟你一起睡，我也正磕睡呢。"温锐温柔地看着老婆。

王小艳还是起床洗漱，顺便跑到书房去看一眼，书和照片，已经被收起来了。

温锐走进书房，从后面抱着她。

"亲爱的小艳子，不要去想以前那些事，都过去了。噢？"

"我本来不想了，也不想问了，可是，五张照片，自己跑出来了。不弄清楚，就像箭在弦上不得不发一样，你要原谅我的好奇,好不好?你的这些乱七八糟的过去,严格说,是不是我也得为你承担一半的责任?"王小艳大包大揽,大事化小。

温锐没有回复王小艳,只是紧紧地抱着她,在她头发间深深地吸着气。

在他看来,这就是王小艳最可爱的地方,可以算着是娶她的理由之一。从谈恋爱,到结婚,从来都觉得,跟她在一起的时候,无论做什么,都是轻松的,快乐的,很自在。

"我要去刷牙,然后要你吻我。"王小艳使了劲才转过身来,看着温锐。

他现在就想吻她,可是她说要去刷牙,她永远都是把最好的印象留给自己。

他现在觉得,他有必要把他所有的事情告诉王小艳了,他觉得自己仍然低估了王小艳的胸怀。包括自己内心深处那个伤疤,那一段与两个女人纠结的,连自己都看不起自己的那段经历。

他抱着她,很幸福,这两天她所经历的,真的是需要气度的。而她,还为睡到中午向自己道歉。

温锐有一阵阵愧疚,之前,为什么就没想过要坦白呢?君子坦荡荡,多好呀。他首先,得为这五张照片,作一个解释,虽然他还不知道这些照片,是怎么冒出来的,是怎么到自己的书房里的?

他今早刚从广州飞回来,马不停蹄地赶回家,看着王小艳睡得挺香,赶紧跑到书房查看情况。这着实吓了他一跳。

这是哪来的照片呢？自己从来没有向这些女人，要过照片。像见了鬼一样。

这根本不是一个简单的失误问题，那两张画，怎么可能会自己从妈家跑书房来呢？关键是自己父母根本不知道还有这两幅画的存在。

他已经向温妈妈和温爸爸确认了，俩个老人对他的"裸体画"事件，从头到尾，一无所知。

这两张画，自己太清楚它应该待的位置了，这事儿，也许只有一个人能做到，宋小婷。

只有通过宋小婷，那画，才能穿越这两个家的时空。

那么，五张照片，也应该就是她干的，这就不是开玩笑那么简单的事了。

温锐悄悄走进了洗手间，搂住刚刷完牙的王小艳，狠狠地吻他的新娘。

从洗手间，到卧室。

时间，停留了下来。

王小艳原本害怕分别了两天，经历了那么多变迁后，在她心里，温锐变得陌生而遥远。

什么叫"小别胜新婚"？

什么叫"夫妻床头打架床尾和"？

两个人挥汗如雨之后，王小艳深刻地理解了两句话的含义。

她这才想起，好饿。

但电话催着让她接。

她不想让温锐知道对方是谁。

"喂,你好?"

"出来聊天?知道我是谁吧?"

"噢,好呀,我还没吃饭呢。晚一点,你说个地方?"

"我也没吃呀,一起吃,我请你,我叫上花花?"

"行呀,我老公刚回来,我跟他请个假,噢?"

"要不,叫上一起?"

"咱们女人聊天,有男人,好多话题就不方便了,对吧?"

"那行吧,咱们还是上鱼舫?"

"行吗?"

"好,半小时后见,老座位?"

李小玉挂了电话,就忍不住哈哈大笑,这是一个在她看来很奇怪的通话,两个女人,各自问了一些都不需要对方回答的问题。

李小玉迅速拿过笔和纸,把刚才的通话,一字不漏地写了下来。这是多好的素材呀。

在李小玉看来,王小艳至少是一个符合正常逻辑思维的女人,不敢把老公带出来。倒真想看看,王小艳究竟会在什么时候,以什么样的方式,公开自己的身份呢?

王小艳要跟温锐请假。

这已经是不用开口的请假了。所有的对话，基本上，两个光着身子的人，一人一个耳朵，算一起接近的。

"谁约你？"

"不能告诉你，是女人。"

"我不能跟你一起去？"

"不行的，女人聊天，有男人在，多不方便呀。"

"我也没吃饭呢。"

"家里什么都没有，我也没办法给你做，对了，要不，你去妈家蹭一顿得了，反正你得回去见他们，这都出去多少天了。或者，我给你点个肯德基家庭餐回来？"

"什么神秘朋友呀？搞得你老公没有午饭吃。真想去见见。我还是去妈家吃吧，刚好在广州带了点乌龙茶给老爸。"温锐显得很包容。

"以后有机会再带你去，噢！"王小艳起床开始打扮起来。

李小玉带着陈小花如约而至，很明显，陈小花又是被李小玉拖着来的。王小艳感觉得到。

王小艳在酒吧第一眼看到陈小花，就很喜欢，因为她着实不是一个张扬的歌手。那眼神简单得很"幼稚"，根本就不像是所谓"娱乐圈"的人，内秀得像是封建社会哪个大宅院里出的小姐。今天更是素面朝天，让女人看了，都想去宠她。

这难道就是传说中属兔女人的代表人物？王小艳突发奇想，等会可以问她是不是属兔的。

三人在上次的座位，完全相同的位置坐下，因为已经近下午两点了，餐厅里只有她们一桌客人。

李小玉似乎是早有话题准备："你的爱情故事，咱们昨天还没说完呢，对吧？"

这让王小艳无语，这李小玉果然难缠，昨天的谈话，她已经领教了，李小玉谈话总是能抓住重点不说，还能通过自己知道的信息加以引导和开拓自己的思路。

还好她昨晚通宵看了《爱情，谁是谁的号外？》，从书里读到一些李小玉的思想情感。也知道李小玉想要什么了，于是顶回："作为一种情报交换，赵小露和写序先生的故事，你可还没有开头呢。万一你只是知道有这两个人，有那么一件事，而不知细节，那往下说，我不是亏了吗？"

王小艳深知与李小玉做情报交易就像上赌桌，你来我往斗智斗勇。看谁控制得住局面了。

李小玉确认王小艳并没有想要表露身份的意思，这完全在自己今天的A方案里。

"赵小露一直在广告业做创意文案，却是一个超级驴行爱好者。年纪不大，却基本上去了国内所有她想去的地方，她的假期基本上都在徒步。重要的旅行，如果请假未果，她就辞职出行。"李小玉这算是对赵小露的性格的基本描述吧，王小艳觉得很有重点。

"写序先生是个文字工作者，欣赏同样是文字工作者的赵小露，他所在的杂志社里常常有旅行活动，他会把这样的文案机会推荐让赵小露来做。通过工作中的点点滴滴，她爱上了我的边郎,这个从来不相信爱情的小姑娘终于体会到了什么叫做爱上了男人。"李小玉看着王小艳的眼睛说出了最后一句话,但停下来。

"愿闻其详。"王小艳很诚恳地示意李小玉继续。

"敢爱敢恨的赵小露,对我的边郎展开了猛烈的攻势。

我善良的边郎一开始不拒绝不回应,以为她也就知难而退了。这招儿,对有点情商的女人来说是很有效的。"

"赵小露却不会轻易放手,对吧?"王小艳猜想,她觉得她应该适时地回应李小玉的讲述,这样,可以让故事有效地进展。

"因为这是她第一次爱情,无论她年龄多大,一个从来没有爱过的人,突然找到爱的感觉,爱上一个并不爱自己的男人,注定爱得有多深,就伤得有多深。"李小玉继续着。

"他们之间发生了很多故事,她爱着的人爱着别人,爱的人和被爱的人都受着同样的爱之苦。"

"这也就是你《爱情,谁是谁的号外?》的创作源泉?"王小艳完全明白了李小玉想表达的意思。深深地感悟着《爱情,谁是谁的号外?》序中"不在心心相印中相守,而在恍恍惚惚中错位"的真正含义。

"对的,那本书,可以说最初的创意就是来自于他们的故事。边郎的序,我认为就是为赵小露而写的,我书里把两个人物都写进去了,虽然故事已经被我改得面目全非了,但写序先生还是读到了。"

温锐在序中的"爱情号外",一定是有所指了,没想到答案居然是这样。些许惆怅。

"边郎在序中说：如果冬天来了，一定要取暖。如果爱情来了，一定要转身。你想知道是为什么吗？"李小玉直视着王小艳的眼睛。

"为什么？"王小艳虽然认认真真地看了序，对这句话却没有细酌，难道有内情？于是迫不及待问。

"这是边郎自责内疚之极，写下的在面对着承受不起的爱情来临时，应该做的决定。"

"为什么要内疚呢？"王小艳大惑不解。

"因为当赵小露强烈的爱情袭来时，他没有及时转身，以至于发展到后边不可收拾的地步，她在被边郎狠狠拒绝之后的那次徒步旅行中，失足掉进山谷，香消玉殒。人死很容易，活着的人，就难了。知道了这个故事，再去看写序先生的序，你就能看到他的心，有多么痛，也许只有当事人，才读得懂序里所写到的爱情，那不是欲望，而是伤痛。估计小露，注定一辈子是他的伤痛，无人可以替代。"李小玉很平静地陈述着。

王小艳和陈小花已经泪如雨下。特别是陈小花，一直平静着，一言不发，静静地听着这个悲情的故事，像在祭奠赵小露一样。

"他们之间，究竟发生了些什么？"王小艳用袖子擦了擦眼睛。

"写序先生，他没有告诉我细节。"李小玉一脸的遗憾。"否则，我一定写进书里。"

"那赵小露是为他而死的吗？"王小艳急迫地想知道答案。

"我也不知道，写序先生说他也不知道。有很多事情，不知道比知道更可怕，你说对吗？"李小玉很平静地看着王小艳，期待着她的答复。

"是的，我同意。"王小艳完全明白李小玉的一语双关。

"你看，这么感人的故事，都把你讲到哭了，你还算满意吧？"李小玉好像已经忘记了那是一个让人伤痛的故事。"对很多人而言，她们的爱情无尽卑微，无穷荒凉，还兀自坚持，只是奔赴一场孤独的盛宴，也许对她们而言，爱情就是一个谎言。你呢？你相信爱情吗？"

王小艳无从回答李小玉的提问。也许李小玉想表达的意思太多了，她此刻根本消化不了。她知道李小玉一定有所指。

自己相信爱情吗？不知道，真正的爱情也许就是美妙与痛苦极端感受的药引。

而自己，至今为止找不到一个温锐爱自己娶自己的理由。

那爱情还能保持多久？婚姻能否顶得住七年之痒？王小艳突然觉得自己想得太远了，被李小玉一句问话，弄得自怨自艾起来。

"现在，可以说说你真正的爱情故事了吗？"李小玉也许对王小艳昨天讲述的爱情故事并不满意，"花花本来不想来的，我说动她来，就是要听你的故事的，你不会让我们失望吧？"

王小艳看了一眼陈小花，得到了一个肯定的眼神。这下她突然得意起来，原来她们对自己与温锐的爱情故事，是那么期待。而自己却根本无从说起。平淡无奇。这也许正验证了那句真理：幸福的爱情都是一模一样的，不幸福的爱情一定各有各的原因。相反，李小玉、陈小花、赵小露她们与温锐的所谓故事，虽然短暂，却曲折生动精彩。

在她们短小精悍的精品小小说似的故事之后。她们会听自己与温锐之间平庸的爱情故事吗？她自己都很怀疑。

"你就从你老公向你求婚那段儿，开始，行吗？"李小玉感到了王小艳的迟疑，引导着。

"我在法兰克福边留学边工作了四年，在我出国前，我们说好了分手了，但我一直想着他，并决定毕业就回国看他，我和他，四年没见，一个多月前刚重逢。相见后，我天天守着他，有说不完的话，他一直听我述说着我在异国他乡对他的思恋之苦，三天后，我们在回家的路上，他开着车，突然说：我们结婚吧。我当时大脑完全一片空白，见他也没有拿出戒指，什么都没有，我就说了声'哦'，他就笑了，我本来以为他会停下车来有所动作，哪怕亲我一下，或者送朵什么花也好，可惜都没有，回到家，他才亲了我一下，说我是他老婆了，接下来就跟我讨论婚礼怎么办，特不浪漫，是吧？"王小艳试着看看两位的反应。自己感觉特丢人。

这着实让李小玉很意外，这样的求婚她从来没想象到过，简直不可思议，如果是自己，能答应吗？李小玉不停地问自己，无果，"你没有问问他，爱你什么，为什么要娶你？"

"我问了，他说：爱情，是一种感觉，没有任何理由，如果需要理由为爱情着装，那已经不是爱本身了。"

"那他说为什么要娶你？"

"他说：我爱你。你爱我。就这么简单。"王小艳重复着那天温锐的话。

这是李小玉要的答案吗？王小艳不知道，她觉得，把真实的情况告诉她，即可。是不是她想要的答案，自己就管不了了。昨天看了一夜李小玉的书，得出一个结论，李小玉是一个非常有想法和谈话技巧的人，与她这样的鬼精女人战斗，就只有一个策略：至诚待之，彼术自穷。

李小玉今天不打算继续往下追问了，她察觉不到王小艳在撒谎，那这样的求婚就是事实，这种真正不曾着色的成功的求婚，是真正相爱的人才能干出来的傻事，也许，正是这样的傻事，与幸福相伴着。

李小玉进入了深深的思考当中。

陈小花眼睛里却饱含着泪花。

第八章 色狼出没

回家的路上,王小艳一直想着赵小露,这个可能带给温锐一辈子伤痛的女子,为什么会是那样一个结果?她短暂的人生轨迹一定也不同寻常。

思绪正游离着,响起了黄英版的《映山红》,那是她的手机短信铃声。她收到不同寻常的短信:一个网址链接。不显示任何来源。

王小艳觉得不管这发短信的人是谁,自己仍是有兴趣去网上看一看,于是加紧脚步,赶紧回家。

一个个字母输入进去,深吸了一口气,一个回车,期待着打开的网页,想看看究竟。

这个网页居然是优酷网的一个三级页面,是一个视频文件,叫:《色狼出没》。

文件不长,就十分钟,大概是一个独立制片的短片,王小艳抑制不住好奇,在好奇中度过十分钟。

王小艳终于明白发短信人的目的了。

这个短片里，主演居然是：杨浩，菲菲大学时那个"色狼"男朋友。

如假包换，这个长得很色的人，在片子里演的就是色狼，片子中的杨浩，一如大学时的杨浩一样，令她讨厌。

这个杨浩，王小艳对他的印象太深了，大学期间往来很多，因为他不仅仅是菲菲的男朋友，还算是温锐不错的朋友。虽然自己非常不喜欢他，但因为温锐和菲菲的关系，也从来没认真表达过那种发自内心的讨厌。

大学期间，曾经与温锐讨论过怎么交朋友的标准，也是希望通过这种讨论，让温锐最好远离杨浩这种角色，毕竟：物以类聚，人以群分；或者说近朱者赤，近墨者黑。

温锐对朋友的定义却是：在某一方向，有共同爱好，相互可以真诚交流，互相帮助，提高。这样，就可以做朋友。还很认真地说，杨浩跟他是一个胡同里长大的，毕竟是近邻，小时候，还算是他的跟屁虫，哪能说远离就可远离的呀。

不过，温锐很认真地告诉过她，不用担心他会被杨浩带坏，在长相方面，他俩完全不是一类人，不可能因为跟杨浩是朋友，就会长得越来越色。更不会像杨浩那样带着色眼去看人，再者说，杨浩大胆的表现，也还算是内心世界的真实表达，比那些表面平静而内心阴暗的人，强多了。

讨论这种理论，是温锐的长项，无论什么样的事，都能被他分析得好像很有道理。

于是，王小艳再也没有表达对杨浩长相的争议，虽然在温锐与杨浩的交际中，杨浩也常带着有色眼镜盯着自己，嘴里像抹了油似的"嫂子"不断，还是让王小艳感觉很不自在。她自己也不清楚为什么。

也许，杨浩就是长得很色吧，就像温锐说的，他看男人，男人也一样觉得他很色，那也许就是一个男人的生理器官的长相，具备了好色的特性，身体发乎父母，是与他自己无关的。

事已关乎长辈的长相问题，王小艳就不敢多言了，她认为，只要是长辈，都是需要尊敬的。

温锐似乎也洞察到了什么，在与杨浩的朋友往来中，尽量能回避王小艳的，就回避，这让王小艳自在多了。

可菲菲就不一样，总是不断在她面前提起他，并约她一起外出旅行，逛街，王小艳当然也是能拒绝的就拒绝，但一起吃饭聊天，也是免不了的。

王小艳赶紧人肉搜索：杨浩。

搜索的结果让她大跌眼镜，他居然混得不错，现在是一个影视公司的股东，并在多部影视剧中担任副导演，几乎每部戏都会配角参演，毫无例外：都演色狼。

这也叫术业有专攻？

王小艳知道影视副导演，是剧组中挑演员的重要角色，副导演和客串色狼，对于杨浩来说，无疑是"对口专业"，也算是他的特点与爱好，与他的工作相结合。

这种结合，可以使他的事业蒸蒸日上，顺风顺水。

也难怪就四年时间，也算小有成就了。

杨浩的手机号码已经搜到了，难道发短信的人，是要让我跟杨浩联系吗？

难道杨浩知道很多我不知道的关于温锐的秘密？可以回答我很多问题？

王小艳有点不知所措。

王小艳想着。时隔四年，难道要我主动联络他并与他见面问问题？据说人与人之间也是有磁场的，她知道她对杨浩的反感，杨浩本人一定是能感觉到的，毕竟那时常见面呢。也许杨浩因为她对他的反感，在他的内心世界里，还会变本加厉地回"赠"回来。

那见面，又能得到什么有价值的东西呢？

况且，这回国的一个多月，温锐在她面前，就从来没有提起过杨浩这个人。

自己总不能做一些太反常的行为吧？她想。

既然有人用匿名的方式告诉我这条线索，那杨浩那里，一定有很重要的猛料。

只不过，这些猛料，也许是自己非常想要知道的，但知道后也一定会让自己陷入不知什么样的困境。

难道现在就不是困境吗？

那么，就让暴风雨来得更猛烈些？

要不，就此打住吧？王小艳提醒着自己。

但是,那个神秘的幕后策划者,会就此罢休吗?

想到这里,王小艳突然觉得雨过天晴了,既然已经和温锐结婚了,就一定得面对他的一切,既然有人想要从中挑起事端,那就让那个神秘的幕后策划者早些现身吧。

现在正确的做法应该是以静制动,冷静应对,可不能上了别人的当了。

幕后者的目的,最大的可能性就是:破坏自己的婚姻。她坚信。

想着想着,觉得一个人在家待着无趣,突然想去菲菲的咖啡屋,又怕温锐回家来了。

于是打电话给温锐。

"老公,你在爸妈家?"

"没有,公司有事,我吃了午饭就来公司了。"

"那晚上有想吃什么吗?我在家给你做?还是我的拿手牛排?"

"董事长秘书通知了今天下班后有个股东会,肯定不能回去吃饭了,晚上也会晚些时间回去,你自己解决吧,晚上等我,哦,呵呵!"

"坏人。"

挂了电话,王小艳决定去找菲菲。她突然觉得,自己在北京,居然只有菲菲一个朋友可以随时骚扰或召唤。这应该与留学四年在国外有关系?这四年中,那么多同学,为什么没有怎么联络？

这可能是自己的性格所致吧？她想。

匿名短信关于杨浩的事情，要不要问问菲菲？王小艳不知道。但这条短信一定是有所指向，想向自己传达一个什么重要的信息。既然不想单独去约见杨浩，可能也只有从菲菲身上才能了解到一些有用的东西。但自己很少主动提起杨浩，前天突然问到菲菲关于杨浩时，已经很奇怪自己的行为了。

她相信绝对不能从温锐身上了解信息，这个匿名短信的目的，最终指向一定是发生在温锐身上的某个秘密。

走到菲菲咖啡屋时，居然挂着"暂停营业"的牌子，王小艳很奇怪，这回来一个多月，还从来没见过菲菲关门停业。

赶紧打电话，菲菲手机居然提示关机。

王小艳怪自己没有出来前打个电话，既然已经出来了，心情也不好，那就随便逛逛小月河公园吧，反正这里就是著名的元大都遗址。

下午五点前，菲菲一定会开门营业的。她相信。

正是深秋季节，公园里的人居然很多，想着心事，来回走了半小时，觉得有点累了，公园里居然找不到一个空座位，这让她感觉到北京的闲人，真多。

算了，还是再去看看菲菲，没开门的话，回家自己消化消化这些烦恼好了。

她尝试着往山上的小道穿越，如果有路，翻过小山，就可以直达菲菲咖啡屋了。

果然是"条条大路通罗马"。王小艳确定自己抄小道是非常正确的,有些小小的兴奋。

透过小树的缝隙,已经看到了菲菲咖啡屋的门了,可惜门仍是关着的。

正犹豫时,远远地看见,门开了,从里面打开的,王小艳暗笑:这家伙,居然关门关机睡大觉?

还没等思绪天马行空,看到从里面走出来的人,居然是宋小婷。任由门开着,走向不远处的那辆车。

王小艳这才想起,原来那辆车就是宋小婷的,自己昨天刚坐过的,太不注意细节了。

车很快就开出胡同消失了。

王小艳正迟疑间,看见菲菲咖啡屋里有灯亮了,虽然是白天,也能感觉到熟悉的气氛。

黄小菲走出来,耳朵听着电话,正说着什么,把"暂停营业"换成反面的"正在营业"挂到门边的墙上。

王小艳迟疑着,不知该不该立马走过去。

菲菲闭门谢客,关门说话,对像竟然是宋小婷,这令她大感意外。

连弱智都能猜到这样的谈话不同寻常。王小艳的第一反应就是:这谈话的内容,应该与自己有关。

现在就出现在菲菲面前,一旦自己表现不好,看到宋小婷离开那一幕,一定会被菲菲察觉。

她决定退回山上，思考再三，拨了黄小菲的电话。

"亲，这一天，你干嘛呢？"

"我在家呢，我今天看完了李小玉那本《爱情，谁是谁的号外？》，你呢？在店里吗？"

"在呢，你过来吗？"

"想过去找你，店里忙吗？有没有时间陪我聊天呀？"

"没事，不忙时给你全陪服务，忙的时候，你就自娱自乐呗。"

"半小时前就想找你了，打你电话，你关机了。"

"像我这样来电多的人，总是有机会就关关机，玩一下消失，放空一下自己，让这段时间打我电话的人，多牵挂一下，挺好的。"

"我却刚好跟你相反，电话少，但总是开着机，期望有人打进来，以确定，还有人关注着。"

"那我以后没事就打电话给你，那我就是最关心你了人了。"

"嗯，好，谢谢你，菲菲。"

"赶紧过来呗。"

"好吧，我现在就过去。"

王小艳还是撒了一个小谎，她决定彻底地解除掉刚才那一幕可能给菲菲和自己带来尴尬的可能性。有这个小谎，可以让菲菲放一百二十个心，哪怕自己表现不好，菲菲也不会有任何察觉。

而且她还决定,往相反的方向,走五百米,再打车到咖啡屋的门口,从时间和行为上看,就万无一失了。

王小艳头脑里理不清的是:她们俩究竟聊些什么呢?

从刚才给菲菲的电话中试探来看,菲菲肯定是不会告诉自己她们俩这一次神秘的沟通了。

王小艳知道自己是一个心里藏不住事的人,但这事儿,一定得藏住了,她鼓励着自己。

让菲菲看到自己从出租车上下来,王小艳冲着她笑了,这个谎,算是做实了。

咖啡屋里,已经正常了,两个营业员也就位了。看来,菲菲和宋小婷的谈话,是非常重要的,两个营业员,一定是被打发出去闲逛了,而且还不得走远,随时要被召唤回来上班的。

于是,王小艳开始担心起来,那两个小姑娘不会就在小月河公园里闲逛,而且刚巧还看到了自己吧?如果要真是那样,就只能祈祷两个小姑娘别太八卦了。

王小艳决定跟菲菲谈谈杨浩的话题,看是否能从菲菲口中得到些信息。

两人一坐下来,王小艳就迫不及待地说:"你知道吗?我今天上网,在优酷里看到一个视频,居然是杨浩演的。"

"你怎么又跟我提起他了呀,提他我就烦。"

"你烦什么呀,你知道吗?看到那个视频后,我就搜索了下他，他拍的片儿还不少，而且，全是演色狼，太适合他了。"王小艳尽量显得很兴奋。

"你最后这句话倒是真的，那角色，他根本就不用演，完全本色演出。一出场，观众就能给他定性。"

"没想到，他这个人，居然干了影视，我搜到他居然是副导演，好像还是他们公司的股东之一，大学时真没看出来。本事真不小呀。"王小艳夸大其词。

"我还真没看出他有啥本事来，他们家是开印刷厂的，有钱呗，啥事儿不好办？就这种人，迟早家底儿败光。"

"我看未必，这也算是在他的长像特长里发挥专项才能，属于特型演员，很多电视剧都需要色狼，说不定还真能闯出一片广阔天地。"

"你今儿是吃错药啦？"

"就是巧合，让我看到了嘛，这可是我回国后，让我觉得最好玩的事情了。"王小艳有感觉自己超过常规状态，打算赶紧收住。

"你最好给我少提他。"

"我可不是笑话你大学时与他谈恋爱，就你大学时那气场，还有他对你的态度，我敢断定你是只占便宜不吃亏的。"

"说实话，被他追，我还真觉得吃了亏，你不觉得？被他那样的人追，还好像被追到手了，多丢人呀。"

"现在看，他还真有他可爱的地方。"王小艳继续试探。

"他那种人，你只要不让他得手，他很快就会换人，而且有空还对你死缠烂打。真是那种广撒网，抓不到鱼，也必须要捞只虾。他想占到我的大便宜？门儿都没有。"菲菲开始激动起来了。

王小艳觉得该换个话题了，看来菲菲对那段恋爱往事，没有太多愉快的记忆。

"你知道吗？他跟温锐，可是好朋友呢。"

"物以类聚，你家温锐也是个色狼，只不过，那两个字儿不像杨浩那样写在脸上。"菲菲突然觉得自己多嘴了。赶紧收住。补充了一句，"这要你才清楚，是不是？"

谈到这个话题，王小艳觉得深入不下去了："你真坏！"

"你告诉我，老温是不是经常带女孩子来你这里喝咖啡？"

"没错呀，他带她们出入公共场合，反而说明他与她们的关系相对比较正常。"

"什么正常呀，我看没哪一个正常的，都睡过了。"

"你不要听李小玉瞎说八道，说不定，她给你猛料，就是想套你的猛料呢。"

"有一点挺奇怪的，前天晚上见到她，我不知道发什么神经，临时撒了一个谎，我说我叫王疏影，然后她就贴上来跟我聊，昨天中午抖老温的猛料，毫不掩饰……"

"唉呀，我说艳子，你上了她的当了，她认识你，你看你，隐瞒什么姓名，这下被利用了吧？"

"我没有见过她呀。"

"你怎么就忘了呢，你结婚那天，她就在场，你们现身婚礼现场，半个小时就闪人度假去了，那么多宾客，你肯定不知道，人家李小玉，就在宾客中看着你呢。"

"啊，你确定？那么，陈小花，也去了婚礼现场？"

"当然啦。"

"真是糗死了，前天和昨天，都被这两小妞儿耍了，你昨天上午怎么不提醒我呀？"

"我哪知道你有隐瞒身份那一茬呀？我昨天晚上一夜睡不好觉，非常奇怪这李小玉，怎么嘴就那么碎呀，明知道你是老温的老婆，怎么啥都能往外兜呀。现在明白了，她一定是利用你隐瞒你是老温老婆的机会，故意抖猛料的。你要是一开始就表明身份，再不要脸的人，也不会这么做。这女人，太坏了，她在破坏你的家庭，你可别上当呀。"黄小菲越说越激动。

王小艳真是头大如斗，没想到这两天与李小玉和陈小花的交流一下子完全变了个模样。让自己消化不下：哽在这里了。

"这事儿，可真闹大了，你赶紧打住，别往下玩儿，你玩不起了。"

"现在哪罢得了手呀，我看李小玉肯定不会放过我了。我一会儿就打电话质问她：为什么知道我是谁还耍我？"

"快别了，人家还质问你：为啥不说自己是王小艳，温锐的老婆，还假名王疏影。"

"唉呀，我想起来了，我说我叫王疏影时，她还真有一个神秘的笑，还说这是好名字，好灵感。我真是蠢到家了。"

"你斗不过她的，关键是，你跟她斗，你们各自的筹码完全不对等，就好比你现在有一百块钱，她什么都没有，你还跟他剪刀石头布，谁赢了百元大钞就归谁，那你不是太亏了？"

"那她这招儿也太损了呀，就算她把我与老温的婚姻搞黄了，老温也肯定不会娶她，她这样做也是损人不利己呀！"

"这你可想错了，她这招儿不但损人，还真利己，她就是巴不得从你身上，搞出奇奇怪怪的事来，只要她觉得好玩，有意思，写书就有素材了。她真正的目的，不是男人，是写作素材，对她这个人来说，素材比男人，更重要。"

"看来，你很了解她呀。"

"了解，这女人，跟杨浩来往很频繁，还一起来我这里煮过咖啡，她为了她的写作素材，真的啥手段都用，这女人，这几年出了十几本书了，不玩些手段，她自己那点人生经历，哪够写出那么多书来呀。"

"这家伙还真了不起，虽然手段过火了一些，但她还是很成功呀。"

王小艳突然觉得那个神秘短信的发送者，有了目标。

应该就是李小玉吧？既然她跟杨浩交往甚密，应该从杨浩身上，挖到了不少素材，也许这些素材当中，也有不少与我相关的，也许……

她不敢继续往下想。

"那李小玉，怎么跟杨浩认识的呀？你知道吗？"王小艳突然觉得有必要问下这个问题。

"还真知道，就是在咖啡屋，你们家老温、杨浩、李小玉三人有一天来这里喝咖啡，因为其他两人都是老温的老相识，于是就凑一桌聊上了。"

"你也是，怎么啥客人都接待，杨浩脸皮也真厚，还往你这里跑。"

"我这是开门做生意，只要是付钱的，啥客人都得接待，我一开始还真讨厌一些人，习惯后就好多了，后来连杨浩，我也得笑脸相迎，没办法，这就是开店做生意人的命。"

"杨浩这种人，肯定会自己就贴上去跟李小玉交往了呗。"

"可不，自从那天相互认识了之后，她们连续好几次，来我这里就单聊上了，可能是因为熟了，后边就没再一起来了，肯定是怕我这两只耳朵。"

陆续的，客人开始进店了，王小艳打算离开了，一是不想影响菲菲做生意，二是今天跟菲菲的聊天得到了太多的意外，有点像超级悬疑的电影，让人在结尾时看到了很多与过程不相同的事件，真是人生如戏、戏如人生呀。得回家好好地、静静地整理整理。

第九章 生死情劫

回到家后，王小艳的思绪，无论如何也无法从李小玉、杨浩、菲菲、婷婷这些人中解脱出来。

于是，她打算好好查查杨浩的底细，这个在大学期间，自己从来不正眼瞧的也还算是温锐朋友的男人。

仔细看杨浩近几年的照片和影像，除了那一副色样没有变化外，还真有些变化。

她突然觉得，这个长得很色的男人，其实挺帅的，而且非常注意自己的形象。

王小艳努力回想着几年前在大学时与杨浩有限的接触。似乎那个时候，他就非常在意发型与衣着。也难怪他一直能女性朋友不少。也许他真的有一些让女人欣赏的地方，连菲菲这样高傲的女生，都愿意做他的女朋友。

她突然想约他见面，也许，自己该放下对他的成见，毕竟他也算是温锐的朋友，以后也少不了多有来往，老是用讨厌他的心态见面，他会感觉得到的。这些年在国外那种开放的环境中，王小艳知道了一个非常重要的人生道理：如果你讨厌一个人，也许你没有表达任何讨厌的信息，但被讨厌的人，是会感受得到的；或者，讨厌与被讨厌，从来也都是孪生姐妹，你讨厌的人，也会讨厌你。

那就试着去与杨浩也交成朋友吧，她想。

于是拔通了杨浩的手机。

"你好，是杨浩吗？"

"哪位？"

"我是王小艳，你应该还记得我吧？"

"当然，温锐的老婆，很重要的人物。"

"挺对不住你的，大学的时候，我觉得你太好色，所以不敢接近，怕近墨者黑。我想，我这是不对的。"王小艳觉得与杨浩这种人打交道，就应该直接而简单，他那样性格的人，也许根本就不在乎别人说他色。这种真诚道歉的方式，应该是他喜欢的方式吧。

"没关系，那时候，我也不喜欢你。所以，就相互抵消了吧。"

听到这样的回答，也大出王小艳意料，自己从来没有做过什么对不住他的事呀，也许真的讨厌与被讨厌是对立而统一的，由此看出，杨浩果然是一个很好沟通的人，她想。

"这很多年也没见过了，有空见见面吗？我想跟温锐的朋友接触接触，特别是你，我以前还在温锐面前说过你不少坏话，所以，想当面跟你聊聊。"王小艳把想好的台词儿，捅出去。

"叫上老温吧,我可不敢跟你单独见面,老温大学的时候,就一再警告我,搞得那时我看都不想看你。"

"别呀,咱们就单独见呗,有老温在,咱们有啥可聊的?你们净聊朋友之间的事了,到时我就插不上嘴了。"王小艳赶紧打住。

"咱两单聊?更没啥聊的呀,又没有什么交集。"

"有共同话题呀,咱们可以聊温锐,或者菲菲。"王小艳努争取着与杨浩见面的机会。

"那倒是有的聊,哈哈。"

"择日不如撞日,要不就今天,现在,你有空吗?"王小艳感觉到了机会,乘胜追击。

"按理,我从来不会拒绝女人的邀请,跟你,我却宁可老死不相往来。"

"那时不懂事,对你有误会,老温还常跟我说你'公开好色也是一种真诚的态度',大学时理解不了,现在我理解了。我现在觉得你应该是一个不错的人,你就给我一个当面致歉的机会呗,看在老温的面子上,况且,我是真诚的想与老温的朋友,也成为朋友。"

"你是想从我这里了解些什么吧?关于温锐的?"

王小艳感觉杨浩已经知道自己约他的目的了,干脆反问:"你不想说的,也未必会说,对吧?"

"我倒是啥都能说,恐怕你未必相信,或者说一些你根本无法接受的事实,让你继续讨厌我这张臭嘴,那我不是自讨无趣?"

杨浩最后这段话，让王小艳觉得他这种直接而真诚的态度，显然是一个有魅力的西方男人的思维，在欧洲见惯不怪的王小艳早就已经接受了。

干脆直接打出最后的底牌："你不会拒绝我的邀请吧？你完全可以随心所欲地神侃胡吹，我一定照单全收。"

"行，我接受你的邀请。"

杨浩终于答应了她的邀请，这让王小艳备感兴奋，看来确定了目标，只要用心地做，真诚去交流，总是可以成功的。

约的地点，却是北太平庄桥北路西的一个茶楼，杨浩说的地点，恰好，王小艳随温锐也去过。

王小艳如约而至，杨浩已经在包厢里等她了，而且是王小艳上次和温锐一起来的包间，泡茶小姐已经泡好了普洱，杨浩很平静地跟泡茶小姐说"你每十分钟一次，进来帮我们续水，谢谢！"让王小艳大感意外。

这个杨浩，这几年还真是修炼得不错，她仔细打量起这个几年前从来没正眼瞧过的男人。

除了眼睛和眉毛配合得比较好色之外，这男人，确实还真有些梁朝伟那种儒雅的味道，与电视剧里的色狼完全不同。

"说实话，你变化挺大的，就是你的眼睛和眉毛出卖了你的儒雅。"王小艳觉得应该拍拍他的马屁，不但让他能欣然接受，还让他看不出来。

"大学时，我真怀疑过老温的眼光，怎么就喜欢你了，今天才算是跟你正式认识，电话里说了不少话，让我对你刮目相看。所以才接受你的邀请。说吧,想问我些什么?"

王小艳打算就杨浩的长相话题先聊些闲天。这应该有助于打消他的提防。

"你的眼神很色,是我大学时对你敬而远之的根本原因,所以,你不会介意的呵?"她问。

"不会,就我这眼神给我造成的烦恼,从小到大,使我免疫能力强极了,所以,你作为一个根本算不上极品美女的人讨厌我,对我基本上不造成伤害。"

"其实你长得挺帅的,至于眼睛和眉毛配合起来有点好色,也不是你的错,这对你的影响没想到这么大。"

"其实越是像我这样长相的人,越不能有出轨的行为,得比别人更真诚与纯情,否则这辈子找媳妇就真没戏了,这总比那些看着很帅,骨子里却比我的长相还色的人,更经得起时间的考验,你说对吧?"

"你这么说,让我觉得大学的时候,心里那么评价你,觉得很内疚。"

"你大可不必往心里去。不过,你能这么直说,我倒觉得意外。"

"心里怎么想,就怎么说呗,这是交朋友的基本原则,我是真想和你做朋友。"王小艳适时地更进一步。

"是我以前根本不了解你呢?还是这几年你变化很大?"

"我在国外待了几年,接触的是西方人,了解了很多西方文化,所以,有很多看法,这几年发生的变化。你知道吗?我还有总结了一个西方心理学理论:如果对一个人的印象，是从极差慢慢变得好起来，这样建立起来的友谊是比较牢固的。"

"说实话，我并不讨厌你，是因为你讨厌我，又是老温的女人，所以我也敬而远之。现在听你一席话，我觉得，咱们可以做朋友，可以无话不谈。"

几句来回，王小艳觉得双方已经建立了基本的信任，他的心理防线，应该已经被攻破，可以进入正题了。

王小艳直接打开匿名短信给杨浩看。

"这是一个网页链接，我不知道是谁发给我的，我回家打开这个网页，发现是你演的一个独立短片，我想，发短信给我的人，是提示我来找你。可能我想要知道的很多事，你这里，有答案。"

"我真不知道你想了解什么，不过我倒的确知道不少事，但我不愿意告诉你，因为我觉得，这些事，不应该由我来告诉你。这都是过去的事情了，你最好什么都别问，把那一页，翻过去。也许很多事情，对你而言，不知道比知道好。"

杨浩说话的口气，像极了温锐的习惯。话回得很坚决。

"这一点，我是有心理准备的，对于我来讲，无论什么样的事实，我都是可以接受的，如果什么都不知道，我可以不闻不问，现在知道了一半儿，任谁都会刨根问底的，你说呢？"

"你究竟想知道什么？说说看。"

"大学时我跟温锐谈恋爱，我现在知道他当时还有另外一个同居女友，你告诉我，她是谁？"

"是谁告诉你的？"

"李小玉。"

"你们怎么会聊上了,她可是个不好惹的主儿。看吧,以后有够你郁闷的。"

"你肯定知道答案的,可以告诉我吧?"王小艳试探着。

"现在你了解到这一步了,我想我不会撒谎,我知道。但我不能告诉你。"

"为什么?"

"因为我没有权利告诉你呀,只有老温才有权力告诉你。"

"如果我能问他的话,我就不会来问你了,既然说的都是事实,就无所谓了呀,你放心,我不是为了去追究温锐的责任,我只是想了解真相。"

"这个,说不能就不能,这种事情,是得讲原则的,这种原则性,还是在你们家老温身上学到的,没有妥协的可能性。"

又是一个讲原则的家伙。王小艳从杨浩的眼睛里看到了原则。她判断杨浩绝对不会说这事儿了。但感觉还是收获很大,至少:确认了李小玉所说的,温锐那时的确有一个同居的情人。

"那你知道赵小露吗?可以聊聊她吗?"王小艳只好换另外一个话题。

"知道,赵小露的话题,我劝你,最好也别打听,对你而言,也是不知道比知道好。"

"为什么?"

"因为她的故事,很沉重。"

"怎么讲？"

"她已经不在了。死了。"

"啊！"王小艳装着完全不知情的样子，原来李小玉所说的"关呼生命意义的爱情故事"杨浩也有份儿，"我真是很想知道她和老温的故事，只不过，我看你觉得很沉重，你愿意说多少，就说多少。她的死，是不是与温锐有关？"

"怎么说呢，她的死，应该说与温锐有关系，也可以说与你有关系，还可以说与我也有关系。"

"啊！"王小艳再次大惊。怎么会与自己有关呢？她百思不得其解。

"很多细节我不知道，我知道的细节，我不能告诉你。我只可以告诉你，赵小露自从认识老温以后，与他有不少工作往来，不知是慢慢地，还是一见钟情地爱上了他。但老温应该是还爱着你，所以拒绝了她，那段时间，我跟在屁股后边猛追她，于是，她一方面为了完成老温的一期杂志主题，另一方面追温锐没有结果，也许还是躲避我的追求，独自远行走滇藏线，在那次行走中，不小心掉山谷下，死了。你说说看，她的死，是否有可能与咱们三个人都有关系？"

杨浩的谈话，让王小艳觉得他的思维与逻辑很好，简短一两百字，把一个可能非常复杂故事，讲得非常透彻。

至少这故事的前因后果，开头结尾，都交代得非常清楚，对于那些根本不在乎过程只看重结果的人来说，也许这一百多字，就足够了。

但对于王小艳来讲，她觉得不够。杨浩已经明确说了，知道的细节，不能告诉自己，可能只是他追她的细节吧。这是可以理解的。

看得出来，杨浩是非常认真的。

难道，对于赵小露的死，他觉得他有一定的责任？他因为她的死而自责？那温锐呢？应该会比杨浩更自责吧？

王小艳一堆问号，拍在自己脑门上。她知道没有办法跟杨浩家长里短。于是安慰他："其实你不用自责，也许她的死，跟你跟我跟温锐，都没有关系，也许就是一场意外。"

"当时也只有两个当地的向导在场，警察也调查确认了她的死亡就是一场意外事故。"

"这不就行了吗？"

"这个意外，也许在你们家老温心里，是一个永远解不开的伤痛。老温会觉得她的死，与他有关。"

"嗯，出了这样的事，可能每个与死者有关联的人，都会不自觉往自己身上联想。何况温锐，现在连我，都觉得像你说的，应该为此承担责任似的。"

"你，只是间接的，直接关系的应该是温锐，因为选题是帮他做的，而且应该是在受到温锐的情感伤害后，她独自远行的，你觉得温锐会不自责吗？"

"以我对他的了解，他一定会自责。我这次回来，就发现了现在的温锐与几年前有很大的变化，只是我感受不到具体的变化在哪里，现在想，他变得很成熟，很包容，很能忍让。经历了这样的事，对他的影响一定是巨大的。"

"温锐，应该是拿你，去拒绝她的，所以，说不定她死前那一刻最想见的人，是你。"

王小艳在沉重的气氛中感受到了一丝凉意。也许是因为杨浩说自己被一个将死的人惦记。

"对了，他们做的什么选题呀？需要去走那么危险的路？"

"之前，是赵小露走过一次滇藏线，了解到在古代，很多商人，从云南出发，用马驮着商品，沿着滇藏线，到达拉萨，一路上与藏民进行物物交换，交换回来的东西，又卖到昆明等地，从中赢利，随着西藏交通越来越发达，这种以马帮行商的模式，利益小，周期长，干的人就越来越少了，作为一种几百年的行商模式，它的文化价值是很高的，而且，应该用一种文化载体留下来，于是，他们一起策划了一期杂志主题，叫《最后的马帮》，你从这个选题名，应该知道这个选题的意义所在。他们还计划了要把这个选题做完后，专门出版一本《最后的马帮》的书，以更深度地记录这一即将绝迹的商业模式。"

"他们应该知道这个选题的危险性呀，那么难走的路，而且越来越少人走，多危险呀。"

"他们应该知道其危险性，开始有一段时间，没有实施这个计划。"

"那后来怎么赵小露一个人去了呢？"

"这就回到开头了呗，温锐对她的拒绝，我对她的穷追，她很郁闷很烦恼，于是选择了一个人去，在当地请了两个向导同行，没想到这次行程，让她失去了生命。我很痛心，也很自责。"

"你很爱很爱她吗?这应该不是你的风格呀。"

"如果是真爱上她而追她,然后她出了意外,可能自责还会少一点,你就别追问了,打住,我不想再聊下去了,今天也不早了,差不多了,咱们回吧?"

"哦,九点多了,是不早了,今天非常谢谢你,希望以后,我们能是好朋友。"

"你不介意我长的很色了?"

"我都结婚了,长大了,成熟了,大学时不懂事,你别在意。"

"本来我打算今天让你买单的,哈哈。"

"当然该我买单呀,本来就是我约你的呀。"

"别,别,我买,无论谁约谁,我买单,第一次与你一起喝茶,让你买单,老温知道了,我丢不起那人,你别跟我争,我愿意交你这个迟到的朋友。"

"好吧,那我就不跟你客气了,改天,我和温锐请你吃饭,好吗?"

"行呀,对了,我建议你别在老温面前提起赵小露,那应该是他心里的一个禁区。"

"嗯,我知道了,谢谢你提醒。"

王小艳觉得与杨浩的沟通,比她想象中还要顺利,这个男人,一点都不让她讨厌,但在几年前,自己怎么就那么排斥与他接触,不得其解。

虽然从杨浩那里没有得到赵小露与温锐的细节，但故事的大概脉络已经很清楚了，只是觉得，杨浩的这套说辞对温锐太有利了，根本找不出一点对温锐不利的破绽。在杨浩的话语中，自己居然成为温锐拒绝赵小露的理由，甚至要为赵小露的死"也许应该承担一部分责任"，而且，他把自己也搭进去"也许应该承担一部分责任"。

由此，可以判断杨浩对温锐的兄弟义气吗？

或者杨浩是一个非常会沟通的人？

还是本身就是一个有担当值得信任的男人？

他说的那句不爱赵小露却去追她，是这次谈话的唯一的破绽吗？

还是故意留下线索，等她去寻找答案？

王小艳觉得有必要再跟李小玉确认一下匿名短信是不是出自她手。

或者，从李小玉那里去了解更多的赵小露与温锐的故事？

王小艳觉得自己与杨浩的坦率，得到的也未必是最真实的答案。

李小玉呢，在自己隐瞒身份时大抖猛料，会因为自己公开身份，就此收手吗？王小艳想出来的答案是否定的，只要想清楚了李小玉这样做的目的，是什么，很容易就可以得出正确的答案。

李小玉的目的，是素材，王小艳可以确认。

那么,就跟李小玉挑明了谈吧,只要有足够的情报,就可以从她那里得到自己想要的资料。

有一点,是可以确认的,在杨浩与李小玉之间来回串词,是可以弄清楚赵小露的真相的。

王小艳突然觉得赵小露与温锐的事,没有什么值得继续追查的了。

弄清楚温锐是否真的爱过赵小露,对自己真的那么重要吗?爱没爱过赵小露,能改变温锐对她的内疚与自责吗?似乎什么都有了答案,因为她已经死了,王小艳宁愿赵小露生前,温锐是爱过她的,这样,也算是对死者亡灵的告慰吧。由此及彼,还要去找出大学时温锐的那个情人,是谁吗?

温锐、杨浩、菲菲,三个人几乎都给自己说了一个道理:人,也许都有追求真相的欲望,但不是所有的当事者都能承受得起的。

温锐的真相如果真的摆在面前了,真的就不能承受吗?

王小艳不信。

王小艳还是拨通了李小玉的电话,就算只是告许她"我知道你知道我是王小艳",也有必要给李小玉打这个电话。

"你好,我是王小艳。"

"你不是王疏影吗?"

"你知道我是王小艳,我也知道你知道我就是王小艳。也许用王疏影这个名字,能让你畅所欲言,这是我最初的想法。"

"那现在的想法呢？"

"我现在觉得你无所谓，你最关心的是你想要得到的素材，至于从谁手上得到，你无所谓。所以，我们就没有必要演戏了。"

"嗯，你很了解我了。那以后，我就用你想要的东西，从你那里换我想要的东西，行吗？"

"是的，我打电话给你，就是想跟你说明这一点。还有，我觉得你关心的，不仅仅是素材那么简单，还有关于你或你身边人的真相。"

"为什么这么说？"

"因为每个人，都有找到真相的欲望。尤其是你。我也有这种欲望，你可以告诉我一个真相吗？"

"什么真相，你说？只要我觉得不亏，我就可以告诉你？"

"这个真相，我没有什么东西可以跟你换，你愿意回答就回答，不愿回答，我也不勉强你，今天从你那里出来后十分钟左右，有一个网页地址链接的短信，是你安排发给我的吗？"

"什么短信？我可以回答你。我没有给你发过任何短信。"

"好的，谢谢你！"

"别急，咱们可以约明天见面吗？看看咱们，是否有可以交换的情报？"

"好像你目前没有提供任何给我有价值的情报线索吧？"

"你对赵小露与温锐的故事,没有兴趣?还是忘了我告诉你他们那关于生命意义的爱情?"

果然如她所料,李小玉上当了。

"赵小露和温锐之间的事,我已经很清楚了。而且,对于已故的人,我不想再去议论了。"

"对已故者,我觉得更应该还她一个真相,对未亡人呢?没有真相,所有人都会更纠结。"

"愿闻其详。"

"那你答应明天见面了?为了跟你聊天,我可是做了很多功课呀,你拿你大学时你知道的温锐、你、黄小菲、杨浩之间的事,来交换你们这四个人之间我知道而你不知道的事,这还算公平吧?"

"我们四个人的事,很简单,怕你觉得不划算。"

"没有什么划不划算的,这就像投资,我在你身上投资越多,也许,你给我的回报,也会越来越多,情报交易,跟做生意完全是一样的,我是一个舍得投资的人。赵小露和温锐之间的事,你兴趣不浓了,但我可以白送你一些忠告,算是在你身上再投资。"

"那你也会把这些你得到的故事,写进未来的书里?"

"我没那么笨,文学作品是来源于生活高于生活的,理论上,生活里的真实故事在我书里,已经面目全非了,只有那些行为,行为的动机,还有爱本身,是不变的。你知道,我们写作,没有生活素材,空想出来的爱情或行为,是无法去感动到人的,读者会觉得苍白无力。"

"那约个时间地点吧!"

"那我说时间,明早九点,地点你定,找个安静的地方,行吗?"

王小艳把地点约到了与杨浩喝茶的茶楼,如果明天能再去那个包间,更好。

刚好可以打听一下,杨浩与李小玉之间,可能存在的一些秘密。因为在她与杨浩提到李小玉的时候,杨浩的直接反应出卖了他与李小玉之间的关系:相当的熟。

第十章 真假情人

夜已经很深了,王小艳知道自己是睡不着的,干脆回到书房,找了一张白纸。

写下了一串名字:李小玉、陈小花、赵小露、张小悦、宋小婷、黄小菲、杨浩。

现在看,菲菲是对这五个女人,都非常了解,自认为无话不谈的姐妹,很多事她却不愿意告诉自己。李小玉指明了,明天要聊大学期间四个人之间的事,这四个人有什么事?不就是两对儿吗?

难道是自己太粗心了?或者说对一切事物太不关注了?

王小艳只知道杨浩是和温锐一个四合院里长大的,杨浩比温锐小几岁,小时候是温锐的跟屁虫,仅此而已,也因为他们是发小,自己还曾独自郁闷温锐交友不慎。

李小玉说短信不是她发的,那又是谁?

杨浩为什么不爱赵小露,却要追她?

杨浩确认了大学时温锐还有一个情人,当年自己怎么没有丝毫察觉？这也太不可思议了。

今天下午菲菲与宋小婷密谈，究竟谈些什么？是否与自己有关？菲菲，是要绝对信任的，王小艳又警告自己。

张小悦与温锐的关系，真的就那么简单？

李小玉是否与张小悦、宋小婷有交集？

那五张照片，又是谁干的？

五人当中，其中一人是自己大学时温锐的另一情人吗？

王小艳觉得自己的时间不够，思维跟不上。

想来想去，只有一种可能性：有人想要破坏自己与温锐的婚姻。

跟这些人接触下来，有一个人是最值得怀疑的：宋小婷。

在温锐身上，在自己不在国内的这几年里，曾经发生过很多情感秘闻，而且，就算是李小玉，很多事她应该也不知道。虽然她是最喜欢打听故事的人，也许恰恰是知道得最少的人，因为没人愿意把自己的秘密告诉一个最八卦的人。

一个拿别人给的情报，去换新情报的人，谁愿意把自己的故事告诉她呢？还好，自己真没有什么见不得人的，告诉她也就罢了，她也没有拿去换的价值。

人怕闲，闲着没事，就会找事。这是王小艳又得出的一个结论。也许等自己的婚假休完，上班了就好了。本来是休假，比工作还累，特别是这三天，简直疲惫不堪。

这一串串一知半解的问号，这在以前，根本就没有兴趣关心。但是现在，有人要来破坏自己的婚姻，这怎么可以袖手旁观？

王小艳在大学时就知道，爱上温锐，想要修成正果，一定是一条荆棘之路，也根本没有想过能跟他结婚。

温锐无疑是一个非常讨女人喜欢的男人，帅气的五官，组合得很完美，简直挑不出任何毛病来，加上一米八的个头儿，这已经足够吸引任何女人关注了，但凡与他深度接触，他的文字天赋加上认真勤勉事业有成，吸引女人的资本是超级无敌的。

这些似情节，似疑点的东西，不断在王小艳的思维里闪回。迷迷糊糊地睡着了。

蜜月中断第四天。

醒来时，已经阳光明媚了。王小艳看看时间，已经快九点了。看看床的另一半，有温锐睡觉的痕迹，看来他昨晚也回来过，只不过，一早又上班去了。

温锐太体贴入微了，都舍不得叫醒自己。王小艳又有些责怪自己：怎么能睡得那么沉。

这次可要迟到了，迟到就迟到吧。

虽然觉得无所谓，王小艳还是给李小玉发了一条抱歉将要迟到的短信。

王小艳突然觉得与李小玉聊天，还没有做任何准备。

难道是因为向她坦白过自己的身份，让自己放松了警惕，亦或是让自己变得轻松了，王小艳坚信是后者。

到茶楼时，已经九点半了，一如电影的情节，就是昨天与杨浩喝茶的包间。

王小艳很诚恳地向李小玉道歉。李小玉一脸笑意，很轻松一句无所谓。

王小艳突然可以从"隐瞒身份"聊起。

"今天见你，我觉得轻松多了。"

"没关系呀，你叫王疏影，也挺好玩的。"

"你觉得好玩的事，就不怕伤害到我？"王小艳觉得还是想问什么就问什么。

"都是成年人，哪那么容易受伤害呀，现在看你，简直百毒不侵呀，哈哈。"

这句话还真说到了王小艳的心底里去了。

"是，免疫力提高了不少，我已经冷静下来了。所以，现在只有好奇而已。"

"对，好奇就是追求真相的动力。我也很好奇，所以，咱们俩都有各自的需求，目标是统一的。"

"其实，我真不知道我能告诉你些什么。"王小艳说的是真心话。

"没关系，我只是需要你作为当事人，一起来帮助我理清思路，了解那一段不平凡的爱情故事。我确信，我知道的很多事，是你不知道的。很多事，我不知道，所以需要你来回忆。"

王小艳觉得李小玉说得越来越深奥:"那你就引导吧,我尽量配合你。"

"你和温锐是什么时候确定恋爱关系的?"

"这个,真不好说,一开始,我和他之间就是那种模模糊糊,彼此那种感觉,相互心里是明白的,所以,真不好说是什么时候开始恋爱的。"

"谈恋爱的开始,可以从第一次单独约会算起,也可以从第一次牵手算起,也可以从第一次亲嘴儿算起,也可以从口头上确认两人就是男女朋友关系算起,也可以从对外宣布你们的恋爱关系算起,还可以从你们第一次上床开始,你可以都聊一聊,我就清楚了。"

王小艳觉得李小玉的胃口真大,想一口吃下这么多自己的隐私。觉得简单告诉她也无所谓,毕竟说的是自己与老公的恋爱史。

"我那时比较害羞,单独约会,第一年,只是一起逛过一次街,就没有了,那时心底里的好感,根本说不出来,但因为经常一起参加社团活动,两人见得多,也记不得过了多久,我们就开始传递纸条,写一些自己的心情,每一次给他纸条,心情很激动,收到纸条,心情更激动。更没有从口头上去确定男女关系。"

"看来,第一年,你们都是走内心戏。"

"可以这么说吧,牵手应该是在我大二刚开学不久吧,但我们也就是悄悄牵手。根本没胆量玩亲亲。"

"什么时候对外宣布你们的恋情的?"

"也不算对外宣布吧,我在大二的时候,就已经告诉我几个朋友,我喜欢上了温锐,但从来不敢说他喜欢我,因为只是我感觉他是喜欢我的,但他从来没说出来。"

"几个朋友,包括黄小菲吧?"

"当然,菲菲是我最好的朋友了。"

"你们第一次接吻呢?"

"那是我刚上大三,国庆节,那次我在西安的表姐来北京看她的男朋友,叫我一块儿去,并希望我能带温锐一起去。温锐很爽快就答应了,于是我们四个约着一起去爬香山了,因为我表姐男朋友就在香山附近的军校里读硕。"

"香山下来,你们开了房?"

"是我表姐男朋友开的房,那是我第一次和温锐在外过夜。"

"那一夜没有发生什么吗?"

"那天,他吻了我,我印象非常深刻。"

"事情没往下发展了?"

"没有,下山后,我们当时很累,连澡都没洗,可能是我害羞的原因吧,虽然我自己也很冲动,但没有表达出来,不敢。"

"就只玩了亲亲吗?"

"嗯,只玩了亲亲,有一个插曲,大约在十一点,他很激动,想要求。但我不敢,后来他就去了厕所,出来后把裤子弄湿了。"

"是前面这一部分吧?"李小玉边说边比划着裤裆处。

"是的。"

"哈哈,他是在掩饰什么,你知道吗?"

"我当时还笑他不小心,后来回想起,可能那是他故意弄湿的,就完全明白了。但当时,真不懂。"

"很浪漫,很生动,可惜了故事没有继续发展。"

"那夜,我衣服都没脱,被他抱着睡了一晚,就这样。"

"说说你们的第一次吧!"李小玉趁热打铁。

"不行,我说不出口。"这是王小艳的真心话,她从来没跟任何人分享过,即使她在西方生活了四年,她也觉得那种细节,没有办法完全与朋友分享,何况李小玉。

"那你说说大概的时间,这总可以吧?"

"大约就是大三,国庆后不久,十一月份吧。"

"有了香山脚下那晚的经历,心痒痒了吧?"

"可不是嘛,国庆节后,我和他就经常晚自习后在操场约会。那是一段很美的记忆。"

"很快就进展到开房了吧?"

"是呀,到十一月份,天渐渐冷了,他提出去开房,我就跟他去了,当时也不知是哪来的勇气。"

"那你和温锐这些事,你没跟黄小菲分享吗?"

"当然没有,这种事,怎么说得出口?那时很单纯的。"

"那黄小菲也没有发现?"

"应该没有吧,我以前也是晚自习后常去图书馆看书,到要熄灯时才回宿舍的。所以就算每晚与温锐约会,也不算异常状况。"

"对于你们俩开了房,我也不刨根问底了。那你应该知道,杨浩和黄小菲是什么时候谈恋爱的吧?"

"当然知道呀,应该就是大三下学期吧,刚开学,他们一恋爱,黄小菲就告诉了我。"

"但我偶然一次机会知道,黄小菲与杨浩谈恋爱,是假的。"

"啊,不可能,你是从哪里知道的?"

"这个消息,绝对是可靠的,因为是杨浩亲口说的,而且是酒后,应该说漏了嘴。后来我问过他,他都不承认。"

"你跟杨浩,很熟吗?"

"很熟,他追过我,只不过我没跟他谈恋爱。但我不介意与他交个普通朋友。这么说吧,他也为我写书贡献了不少素材。"

"什么时候追的你?"

"两年前吧,我们是在黄小菲的咖啡厅认识的,从认识后,他就穷追不舍,我当时感觉到,他并不喜欢我。追我是有目的的。"

"有什么目的?你应该很有兴趣呀,肯定会调查清楚呗。"

"当然,杨浩是为了他喜欢的一个女人来追我。"

"啊,这是什么情况?他喜欢的女人,让他来追你?"

"是呀,那个女人,让他来追我,是为了破坏我与另外一个男人的交往。这些人,你都认识。"

"什么？谁？"王小艳被李小玉挑得很激动。

"让杨浩来追我的女人，是宋小婷。"

"那杨浩真正喜欢的女人，是宋小婷？"

"对的。"

"那她在破坏你与另外一个男人交往，另外一个男人，是温锐？"王小艳早猜到应该就是温锐了，她知道李小玉在卖关子。

"是的。所以由此及彼，当杨浩无意说出他与黄小菲是假情人关系时，我就知道这其中的故事肯定不简单。"

"你是猜想，当年杨浩追黄小菲时，他那时喜欢的就是宋小婷？宋小婷让他追黄小菲。"

"没错，我是这样猜想的。"

"但为什么菲菲承认了杨浩与她的恋爱关系了呀？这怎么解释？"

"有些事，在我没有想明白时，也是猜不到为什么，所以需要你来帮我整理线索呀。我基本确认了杨浩与黄小菲谈恋爱，是假的。现在要弄清楚的是：为什么？"

"我宁可相信他们谈恋爱是假的，作为菲菲最好的朋友，我当时是反对菲菲与杨浩谈恋爱的。还因此我和她闹得很不愉快。"

"你觉得黄小菲很不可思议，那么漂亮高傲的女生，居然跟杨浩谈起恋爱来了？是吧。"

"是呀，我当时是非常反感杨浩的一些行为的，所以敬而远之，杨浩还是温锐的发小呢，即便如此，我与杨浩还是很少来往，有时菲菲还约四个人周末一起去郊区玩，我都尽量不去。"

"那你去过吗？"

"去过一次。去川底下村，住了一晚，玩了一天。"

"是什么时间？"

"应该是四月份的一个周末吧，天气比较暖和了。"

"晚上怎么住的？"

"肯定是我跟菲菲住呀，情侣间的那点事儿，心里再明白，还是不敢明目张胆地就住一起，毕竟都要面子呀。"

"你再仔细想想，那个期间，还有没有别的什么让你记忆深刻的？"

那段期间，有太多让王小艳记忆深刻的回忆了，只不过，她确定不能告诉李小玉这样八卦的女人。但李小玉又问到了那一段记忆，是否该有选择性的，告诉她一些东西，也许，以李小玉的思维，能推断出让人意想不到的可能性。

"嗯，有。我跟温锐经历了一段热恋之后，大三寒假前到春节后开学，两人有不少小摩擦。我记得应该是在期末前，我感觉温锐有很大的异常情况，女人嘛，谈了恋爱就想独占，又天性多疑，总怀疑温锐还在跟别的女人交往，那应该是一段很不自信的恋爱人生，一天老担心他被别人抢走。你应该能感觉到，温锐的长相和文学才华，应该是非常招女人喜欢的类型，我自己常常都觉得像一个怨妇。"王小艳尽量让自己像是认真在回忆，并补充说，"好像就这点，让我印象深刻了，这应该没有什么吧？"

"那时，你和温锐已经是公开的恋人关系了吧？"

"也不算公开吧，反正我的好朋友在我和温锐同居过之后，她们的怀疑我都默认了。"

"那你现在应该可以确认一个事实了：你那时的怀疑，是对的，温锐确实还有一个地下情人。"

"从你口中知道温锐跟我谈恋爱时，还在跟别人谈，我就自己回想过一遍了，一点线索都没有呀。"

"我想，黄小菲知道的，应该不少，可惜从她口中，我得不到任何有用的信息。"

"你也跟黄小菲打听过？"

"有呀，现在包括你，当时所有的当事人，我都已经问过了，除了杨浩无意透露了与黄小菲的'假情人'关系，就只有从你这里，能得到更多的信息了。"

"你大概知道他们不会跟你透露隐私的原因吧？无论是自己的还是别人的。"

"无非就是怕我写进书里呗。"

"更要命的是，你会拿这些隐私到处说，去交换更多的隐私，对吧？"

"我只是想要通过交换，寻找一个真相。这也不算错吧？"

"你得到一个真相，也许你就得到一份快乐，而这份快乐，是建立在别人隐私基础上的，所以别人觉得与你没达成等价交换，就不愿意告诉你。你给人一个'太八卦了'的印象。"王小艳把自己对李小玉的真实评价，直接说了出来。她希望提醒李小玉：要是把自己所说的事，到处传播的话，可能以后就不会告诉她任何的事了。

"我完全明白你所担心的，不过你放心，我在寻找真相的过程，也是帮助你找到一份答案，这是等价的，不是当事人，我也不会到处八卦，而且，就算以后这个故事，可能会成为我书里的情节，那一定被我加工过，这些故事原型，也了无痕迹了。这样说，你能相信我吗？"

王小艳不能不佩服李小玉的逻辑能力和语言表达能力，在那么短短的时间里，就把自己的言外之意和担忧猜个底儿朝天，并迅速组织了这么简短有力的语言，来让自己吃一颗定心丸。

"我无所谓信与不信，我很坦然于我所讲的话，是我自己经历的真实故事，对于你的猜想与分析，我自己会去选择性的认同或否定，我这样说，你不介意吧？"

"你是一个谈话非常有亲和力的人，即使你有时说一些让我觉得应该不爽的话，但我一点儿也不反感，恰恰相反，我心底非常喜欢你，对你充满无穷尽的好奇心。"

"但我的感觉不一样，这几天里，你跟我的谈话，充满心机。"王小艳趁火打劫。

"我是一个比较直率的人，心直口快，不介意会得罪人，敢说敢为，敢作敢当，就算我对你有心机，我也直言不讳。你要是能成为我的朋友，知道我的性格，也许就不会介意，你要是不能成为我的朋友，我也不介意你讨厌我，只要我认定你可以做我的朋友,无论你多么讨厌我,我还仍然当你是朋友。"李小玉话说得很快,完全像说相声台词一样,看似绕来绕去,意思表达又很清楚的一段话。

大概李小玉说的这段很熟的话,是经常介绍自己的一段吧,王小艳猜想。

不过李小玉这样的坦言,让王小艳倍觉好感,甚至觉得非常亲近贴心,这样真实坦荡的李小玉与内心中的自己十分"雷同"。一席看似针锋相对的交心话,也许真的拉近两人心与心的距离。难道这就是传说中的"不打不相识"?王小艳越来越喜欢李小玉了,一如她感觉李小玉也越来越喜欢她。

王小艳突然又警觉,这不会就是自己的心理防线,被李小玉攻破了吧?

"那你觉得谁有可能是老温当时的地下情人?"王小艳还是觉得应该转入谈话正题。

"我一开始怀疑的是宋小婷。"

"为什么怀疑她?"

"在多次的接触与沟通中,我发现一个秘密,宋小婷对温锐的爱,几乎偏执得不可理喻。"

"为什么这么说呢?"

"宋小婷是一个非常聪明而又思维清淅的人。但我又觉得温锐真的不爱她,而是真把她当妹妹,能包容她的一切行为。"

"小婷的确是我婆婆的干女儿,也就是温锐的干妹妹。"

"从温锐跟你结婚来看,他不可能对宋小婷干过出格的事儿，所以我觉得宋小婷对温锐是一头热，不可能是老温当时的地下情人。"

"这很符合逻辑的。温锐不会干出他无法收拾的事儿来的。"

"但我又发现，这个神秘女友，不可能神秘到从来不在我们的视线当中出现。于是我关注了所有与温锐可能有来往的女人。我当时就盯上了张小悦、陈小花和赵小露。这三个人，与温锐交往很频繁，外人一看，肯定觉得是男女朋友。"

"有什么结果？"

"通过几轮沟通与交流，我发现，这三个人，都是温锐硕士毕业到杂志社工作之后才认识的，所以就通通排除了。"

"那你现在最怀疑是菲菲了，是吧？"王小艳见李小玉在绕弯儿，估计是有些顾虑吧，干脆自己点破。

"是的，但我事先声明：我目前没有任何证据。"李小玉似乎很担心王小艳会误会她，"我绝对没有要挑拨你和菲菲的关系的意思。请相信我。"

"你只是怀疑，你也说了你没证据，所以，没关系。那你说说你为什么会怀疑菲菲呢？"

"在确认温锐除了你之外，还有一个地下情人之后，咱们都可以判断这个人，不可能没有在我们的视线中出现过，对吧？这是其一；其二，杨浩会平白无故去追黄小菲？如果说杨浩是受宋小婷的指使追黄小菲的话，如果仅凭分析，咱们是不是可以得出这样一个可能性的结论：宋小婷怀疑黄小菲与温锐有恋爱关系，要利用杨浩破坏之。"

"但那时，我才是温锐的女朋友呀，如你所分析，如果宋小婷的目标是温锐的话，她应该让杨浩来追我才对呀？"

"这就是我没有想通的地方，所以要向你了解你和温锐的恋爱是高调还是低调的，如果像你今天所说的，你们谈恋爱仅仅是你有限的几个朋友'心里明白'的话，那么你与温锐的恋爱，基本上也可以说是'地下'行为。于是，所有的可能性，就存在了，也许宋小婷并不知道温锐的女朋友是你，而只是盯住了温锐的另一个女朋友，你觉得有没有这种可能性？"

李小玉的话不知道从何时开始，变得没有明显的攻击性，而且每句话收放自如，能屈能伸。这让王小艳觉得舒服多了。

然而从另一个角度来看，李小玉的话，其引导作用也越来越大了。

这种可能性，王小艳在李小玉还没有说出这段话时，内心就已经在酝酿，并觉得越来越清晰。但自己没有证据，却多了好多疑问。

"这种可能性，是有的，但我想不通为什么菲菲会承认她与杨浩的恋情？这不等于菲菲向宋小婷认输了吗？"

"我觉得黄小菲不是轻易认输的人，所以，我怀疑黄小菲承认与杨浩的恋情，是另有原因。"

"那会是为了什么呢？这牺牲也太大了。"王小艳心里一紧，开始担心起这个分析就是事实。

"因为我不太了解那时候你们的具体状况，我想，如果黄小菲就是温锐的地下情人的话，那么，她承认与杨浩的恋情，如果不是为了温锐，就是为了你。"

这最后一句话，简直像箭射中了王小艳的心脏。令她差一点无法呼吸。

李小玉简直太聪明了，在不知道很多真相的情况下，把这种最大可能性，也给推理出来了。

王小艳迅速整理思路，从那年的元旦开始，直至五一期间的所有经历，向放电影一样过了一遍，把知道和不知道的可能性掺杂在一起，从不同人的角度去思考，并恍然大悟。

王小艳一下子不知所措，因为她几乎可以确认：菲菲就是温锐的情人了。

这是她不愿意接受的现实，而且，绝对不能从自己的口中，向李小玉去确认。

王小艳突然觉得自己很失态，怕被李小玉看出破绽。

"我看你脸色不对，苍白无力，是不是身体不舒服？还是让你整理出你不愿意接受的真相？"李小玉看王小艳脸色不对，不敢再往下继续追问，"我没有要你给我确认的意思，这个可以不要确定地结论，加上我自己的猜想，已经足够我去创作小说了。"

王小艳不但觉得心脏负担很重，而且还腿脚无力，只能用手支撑沙发沿，背用力地靠着沙发，方能让自己完整地坐在沙发上。

"我突然觉得身体很不舒服，对不起，你让我自己休息一下。"王小艳很艰难地让自己这一段话，能正确断句。即便如此，也说得有气无力。

"你是不是早上没吃饭，茶喝多了，晕茶？有没有想呕吐的感觉？"李小玉希望不要是心理打击造成王小艳身体不适，"这里有餐，你要不要吃点东西，现在也到中午了，到吃饭的点儿了。"

"不知道，那我们就在这里点些吃的吧！"王小艳似乎缓和了一些。

李小玉不打算再聊正题了，她已经得到了她想要的东西，她通过对王小艳的观察，觉得自己已经得到了答案，而没有必要一定从王小艳口中去确认。她甚至觉得，如果这个二人都心知肚明的答案，会伤害到王小艳的话，她有义务去保护王小艳。

李小玉现在也隐隐有些自责，希望王小艳不要出状况。因为她从内心里，在这不到三个小时的沟通中，对王小艳的感觉，发生了根本性的变化，她觉得王小艳已经走进了自己的心里。

李小玉从来认为一个人，接受一定的打击与考验，就像注射病毒疫苗一样，是在提高免疫力，所以，她从来不介意小小的打击会伤害到自己的朋友，但今天，她担心对王小艳病毒疫苗注射过量，让王小艳根本没有能力承受，那就玩大了。

两人吃完茶楼里自制的精致套餐，李小玉决定送王小艳回家休息，王小艳也没拒绝，一起回了家。

李小玉确认王小艳没事了，才独自离开。

第十一章 桃色陷阱

王小艳躺在床上,她知道自己是不可能睡得着觉的。

跟李小玉聊了一上午,的确了解了可能发生在自己身上却一直未知的事情。

如果李小玉的分析就是事实的话,那么,黄小菲当年也是深爱着温锐的,而自己就是个一无所知的白痴。

自己爱上温锐,是写在脸上的,菲菲是非常清楚的,而菲菲爱上温锐,却在心底。这样看来,在那段艰难的日子里,菲菲所做的一切,都是为了自己。自己享受着甜蜜的爱情,菲菲却承受着无尽的苦痛。

那么,温锐究竟爱谁多一点?他那段时间,应该也承受着重大的压力吧?究竟温锐与菲菲之间,发生了些什么样的故事?王小艳不敢多想。

当年那些点点滴滴仍然在王小艳脑海里翻天覆地。

但始终无法确定当年究竟是怎么回事儿?菲菲为什么要那么做?

此时此刻,王小艳只想找到菲菲,抱着她,痛哭一场,或者,把她痛骂一顿。

但她不知道,应该怎样去面对菲菲。如果什么都不知道,也许真的快乐得多。

这下王小艳总算知道了一个事实:真相的代价,实在太大了。

在床上独自郁闷了一个多小时,感觉身体好多了,王小艳打算去找菲菲,无论怎样,很多事实,迟早是要面对的,既然真相就快要大白了,知道不可能就此罢手,那就往前一步吧。

菲菲一直是值得信任的好姐妹,在温锐这件事情上,菲菲也许比自己更痛苦不堪,要单从女人的魅力这方面看,自己实在是差菲菲很大一截的。如何面对她,就等见到那一刻,顺其自然吧,王小艳想。

王小艳努力掩饰着自己内心的挣扎,走进了菲菲咖啡屋。

下午三点左右,咖啡厅里没有客人,所以,黄小菲和李小玉相对而坐,见到王小艳进来,三人倾刻间沉默不语,显得气氛特别紧张。也许这个场景,是三个人都没有想到的。

"当作家的人,为了写作,真是不闲着,这样一定会有好作品。对吧?"王小艳觉得应该打破这种沉默,尽量略带微笑地质问李小玉。她对李小玉此时此刻出现在菲菲咖啡屋,感到特别地生气,干脆就表达出来好了,这是她迅速做出来的决定。

"艳子你别误会,是我打电话让小玉来这里的,你知道我离不开这咖啡屋。"菲菲感受到了王小艳对李小玉带着火药味的攻击。

"你们聊吧,不方便的话,我离开?"王小艳见李小玉一言不发,仍是不语,也不看自己。

"看你说的,你们都是我的好姐妹,有什么不方便的呀,一起聊呗。"黄小菲赶紧安排王小艳坐自己旁边。

心里压抑着对黄小菲的复杂情绪,没有机会发泄。听到菲菲这么一说,王小艳心里一阵起伏,看来李小玉,还算知道分寸,没有把上午的聊天内容跟菲菲沟通。反而是自己的冲动,似乎暴露了什么。

"菲菲你别介意,可能这几天,她对我有些误会。"李小玉很温和地跟黄小菲解释,也算是给王小艳一颗定心丸。

"是我想跟小玉沟通一下,希望能化解一些误会,我知道你现在很不理智,所以就把五张照片的事,告诉了小玉,希望她在遇到你对她有不理智行为时,能大事化小。"知道王小艳撞见她和李小玉,黄小菲就干脆直接交底。

"我感受到了你内心的不安,我觉得过了今天,你可以把我当真正的姐妹,把你的真心话告诉我,只要是真心的,再难听,我都可以接受。听菲菲姐说到五张照片,我还真替你担心,这一定是有人蓄意为之。有我和菲菲帮你,我保证让预谋者自讨没趣。"李小玉信誓旦旦地向王小艳保证。

王小艳觉得李小玉还算真诚,就决定撒开了跟她们聊了,希望她们俩能真的给些好的建议,或者,给自己分析分析。

黄小菲若有所思："按理说，这事儿，不查为妙，你想呀，这五张照片，要是老温不小心真是拿了美女照片当了书签，这点，艳子你还真得向老温落实一下，要是那样，就别查了。要落实不是老温放进去的，那也必定是能进你们家书房的人，才能干，不是老温的家人，至少是跟老温熟得不能再熟的人，查下去，真相大白时，几败俱伤呀。"然后问李小玉，"小玉，你说是不是？"

"说实话，我还真没给过你们家老温照片，像我这种人，只会送书。"李小玉似乎并不同意黄小菲的说法，话中有话。

"小玉，你怎么能这样呢？你这不是挑拔吗？"黄小菲气不打一处来，直接骂李小玉。

"我说的也是实话呀，我们可以阻止她与这五张照片的当事人不发生纠纷，但是放这些照片的人呢？还有给她发短信的人呢？都在暗处，如果不弄个清清楚楚，日子怎么过？"李小玉很不服气。

"真相也许是很伤人的，你知道吗？"黄小菲坚持着。

菲菲处处向着自己，王小艳觉得心里平静多了。

"这种事情，我最有体会，真相搞明白一半，更折磨人，真相弄清楚了，也许当事人才能真的释怀。"李小玉也坚持着。

"你们就别争了，听听我的真实想法，行吗？"王小艳打算把自己的真实想法告诉她们，"搞照片的人，和发短信的人，我觉得必须弄清楚，否则觉都睡不着。但你们放心，我不想伤害到任何人,当然,我想我自己应该有能力承受。"

"什么短信?我怎么不知道?"黄小菲一脸的疑惑,看着王小艳。

"我昨天收到的一条匿名短信,是一个关于杨浩的网上视频,我怀疑发短信的人,是想告诉我杨浩知道很多真相,让我去找他,我当时怀疑是李小玉,于是就问她,结果,不是。"王小艳尽量说得简短清楚。

"杨浩?"黄小菲脸色一下变得"不知所措",虽然很短暂就过去了。

王小艳刚好捕捉到了那一瞬间。

心中五味杂陈。

菲菲肯定特别害怕她曾经是温锐的情人,被自己查到。王小艳几乎可以肯定那瞬间的"不知所措"代表的意义。

李小玉突然开口了:"咱们三个人,算是好姐妹吗?可以无话不说吗?"然后望向黄小菲和王小艳。希望得到两人肯定的回答。

王小艳突然紧张起来,她感到李小玉在为后边要说的话做铺设。

黄小菲更是不安,因为她根本不知道李小玉接下来会问出什么惊心动魄的问题来。

但面对李小玉带着问号的眼神。王小艳和黄小菲虽不情愿,却也坚定地朝李小玉点了点头。

"既然你们都点头了,那么,咱们就是无话不说的姐妹了,接下来咱们所聊到的,无论以前发生过什么?咱们三人,绝对不能翻脸,行吗?"李小玉继续强调地问。

王小艳与黄小菲交换了一个眼神,她感知到了菲菲心中的不安,因为李小玉的强调,的确让自己和菲菲心跳加快。

但在这种紧张的交谈中,任何人都已经无法控制局面。

只能是任其发展。

王小艳和黄小菲不得不再次向李小玉点头。

"按照我知道的信息,菲菲姐你根本就没有爱过杨浩,杨浩也亲口告诉过我,他是你的假情人,而我也确认,温锐在与艳子谈恋爱的时候,的确还有另外一人神秘女友,以此推断,菲菲姐,你应该就是那个神秘女友,对吗?"李小玉充满逻辑的论述,的确让王小艳和黄小菲大吃一惊。

王小艳和黄小菲迅速交换着眼神,黄小菲明显的面部表情变化,已经告诉了王小艳正确的答案。

对黄小菲伸过来握着自己温暖的手,王小艳不敢迎合也不敢退缩,只觉得黄小菲的手是非常温热的,而真正的事实是:自己的手太凉。

这是经由敏感的自己从菲菲脸上读到了信息之后,由内而外生发的一股凉意。

很明显,王小艳还没有做好接受真相的心理准备,即便早有这个猜想。

王小艳突然觉得,自己应该从冰凉的手上,给菲菲一些力量。也许菲菲手心超乎正常的温热中,潜伏着对菲菲更为可怕的伤害或者伤痛。

王小艳根本不知道如何去向菲菲表达此刻自己的心情，但她确认她必须向菲菲表现的应该是感谢与理解，她害怕此时此刻自己内心深处那一丝"惊魂未定"被菲菲感知并错误地理解。

王小艳无法迅速组织语言向菲菲表达，尽量轻轻地拉动菲菲的手，要求拥抱。

在自己与菲菲脸部越来越靠近的瞬间，王小艳看到了菲菲如手心般温热的眼神里，湿润得已经不能控制。

在拥抱着的那一刻，王小艳感受到了菲菲身体与自己身体的各个接触点的不安与紧张。特别是两滴饱满的眼泪，迅速透过丝质的薄衫，从左后背的皮肤迅速感应到了全身。

面对菲菲那轻微的一抽泣，王小艳也在手上加了些力量，并轻轻地拍打着菲菲的后背，努力控制着自己复杂的情绪不爆发，并祈祷着不要被黄小菲察觉。这完全不是王小艳设想的结果：自己居然能这么平静地接受如些不堪重负的事实，而去安慰本应该受到质问的黄小菲。

此时此刻，李小玉才长长地舒了一口气。她知道自己这段话所包含的信息，对面前这一对姐妹，预示着什么。

而相互一个拥抱，无疑是最好的结果了，李小玉也不自然地呷了一口咖啡，以缓解因紧张引起的心跳加快，希望尽快让自己平复到正常的自己。期待着看这两人，看谁先说话，又将会说些什么？

时间似乎在此刻停滞不前，虽然只有短暂的十秒钟，对三人而言，无疑是漫长的，当王小艳和菲菲相互松开时，好像一场暴风骤雨刚刚过去。

"谢谢你,小玉。"先开口的是黄小菲,"如果不是你这么毫无顾虑地说出来,恐怕我这一辈子都没有勇气亲口说出这件事来,这个心结,常常压迫得我无法呼吸。"

"我也要谢谢你,谢谢你对我的包容与宽恕。艳子,这么多年,对你隐瞒,我对不起你。"黄小菲没有掩饰地用双手由外向内,整理了一下眼睛里湿润的"气氛"。

王小艳也是想表达对李小玉的感谢的,好像在经历了这样惊心动魄的心理成长之后,突然心里安静了许多。

王小艳的手,却不知何时,又被菲菲有力地握住。

仿佛菲菲想要握住的不仅仅是自己的手,王小艳能体味到来自菲菲心灵深处的担忧或者说是期待。

敏感的王小艳知道该怎么样用心去回应菲菲传来的信息。她觉得此时此刻,所有对黄小菲的责怪与敌对情绪,全都烟消云散了。

这让本来应该紧张的气氛一下子变得那么温馨和协调。

即便王小艳在李小玉"狂风暴雨"般的推论之后一言未发,她用身体语言制造了一个这么温馨而和协的气场。

这的确让李小玉感到意外而惊喜,并对王小艳更加亲近。

"其实,我们可以重新回到刚才的话题了。"李小玉总还是三人中最理智的,若有所思,"不过,刚才我的问题,就不用再回答了,我们都知道答案了。"

王小艳觉得李小玉的坦率真是既可恨又可爱的。本来可以不用说的结论,她偏偏要用另外一种方式,来论证。于是投给了李小玉一个带着嗔怪与支持交织的复杂眼神。

李小玉似乎参透了这个眼神的含义:"菲菲姐,你其实应该知道那五张照片的真相,对吧?"

"这两天,我是真的郁闷坏了,我心里害怕、彷徨、不知所措。"黄小菲大舒了一口气,"我知道很多真相,我做了很多对不起艳子的事情,却没有勇气说出来。"

"菲菲,不是你的错,在爱情面前,所有的不理智的行为,在道德上也许都是可以被原谅的。如果要弄一个人出来承担责任,那一定应该是温锐。"王小艳尽量让语气平静,并把责任往温锐身上推。

她知道,无论如何,她是可以原谅温锐的,毕竟温锐与自己是一个整体,往温锐身上推责任,相当于自己愿意承担责任。这也许会让菲菲好受一些。

王小艳迅速整理了思路,菲菲在知道自己与温锐谈恋爱的时候,其实她应该也算与温锐是恋爱,然而,却与杨浩谈起了假恋爱,来隐藏她与温锐的关系?为什么呢?

王小艳在思绪中不能自已。

"菲菲姐还是聊聊那五张照片,你应该知道的,是怎么回事?"李小玉总是抓住一切进攻的机会。

"这件事,我昨天向宋小婷确认了,事情,是宋小婷做的,但她不是针对艳子,因为那几张照片,早在一年前,就已经放进去了,只是粗心的老温,一直没发现。我正纠结不知道该怎么跟艳子说,实在开不了口。"黄小菲望向王小艳，希望她相信，"艳子，你昨天下午来我这里时，宋小婷刚刚离开不久。"

"也就是说，宋小婷，在一年之前，就布下了这个桃色陷阱，那应该谁做温锐的新娘，就针对谁。而如果一定要找个人出来，应该是菲菲姐你，对吗？"李小玉似乎仍没从逻辑关系里跳出来，一直追问。

"应该是的，宋小婷与温锐的关系一直得不到进一步发展，而她又早知道老温和我的那些旧事，于是以为我是她最大的情敌。"黄小菲面对李小玉追问，明显很平静了，好比在公共浴池洗澡，只是刚脱光衣服那一刻面对四周投来的眼神还有些害羞之外，随着时间的推移，就坦然多了。然后看着王小艳，补充说："她其实根本不知道，我和温锐，在艳子出国之后，不但没有得到发展，而且关系越来越僵化，反而是我做出了很多努力，才挽回了与老温的友情。因为老温心底里真正爱的女人，是艳子你。"

"这下子我完全明白了。"李小玉面带笑容地看着王小艳和黄小菲。

"嗯？"王小艳和黄小菲几乎同时发出疑问，"你明白什么了？"

"嘘，天机不可泄露。嘿嘿！"李小玉一脸的坏笑。

黄小菲对李小玉仍然提防，她知道李小玉，心不坏，却经常干出坏事来，鬼知道她打什么主意呢？

王小艳却是充满好奇，她知道以李小玉的好奇与逻辑能力，一定分析了很多自己不知道的事情，而且，不太容易从李小玉口中"免费"得到。

也许，李小玉神秘的坏笑，又是想交换"情报"了。

"你又开始卖关子了？刚成为无话不谈的朋友了，你真是个善变的女人。"王小艳已经不拿李小玉当外人了。

"我们是无话不谈的朋友，没错呀，但是，这还只是未经确认的猜想而已，话说回来，菲菲姐可不一定愿意我说出来。"李小玉仍然一脸的坏笑，"不过你想知道的话，我以后可以悄悄告诉你，但你要用你的别的故事来交换，这种事情，亲姐妹，明算账。"

"看吧，你又开始算起账来了。"王小艳拿李小玉没有办法。

"艳子，你别理她，什么都不要跟她讲，她就是个坏坏子，咱们自己的事情，你想知道什么，我告诉你，只要你永远不要生我的气，就行。咱们什么都不告诉她。"黄小菲一脸的严肃。

"那可不行，我今天帮助你们姐妹俩解决了多少问题？菲菲姐你怎么能这么快就翻脸不认人呢？好啦，我们都不拿彼此当外人，好吗？我那套情报等价交换，从此不用在你们俩身上了，菲菲姐，行吧？"李小玉抓住黄小菲的小臂，一脸的央求。

"这才像话嘛，说吧，你明白什么了？"黄小菲治了李小玉的罪，仿佛全身心从束缚中挣脱了出来，自己跟温锐的那点儿事，既然已经捅破了，就不必在乎多与少，反正迟早是要向王小艳交底的。

"我只是自己在推论,等我说完,还需要得到菲菲姐的确认,行吧?"李小玉感觉自己又恢复了情报交换的沟通方式,马上打住,"对不起,我这沟通方式不对,换一下,就是说,如果我说得对呢,你就支持下我,如果不对呢,你就帮我纠正,我陈述故事梗概。菲菲姐来补充细节,行吧?我相信很多你们的事情,经由我的口中说出来,也许还能避免很多小小的尴尬,对吧?"很明显,李小玉开始得意和放肆起来。

"艳子是我最好的姐妹,就依你吧。"黄小菲撒开李小玉的手。

"那我就开讲了?"李小玉整理着思绪,摆开了架势,对于分析这样的故事,李小玉是最兴奋的,相当于是找了两个听众,来帮助她整理小说素材。更何况,这个故事里最关键的细节,如果引导菲菲自己说了出来,那可是想破脑袋也杜撰不出来感人猛料,绝对是读者所需要的重点。

"对了,菲菲姐,再煮点咖啡,行不?"李小玉一点都不客气。

"唉,你看我,都忘记了。"这才松开王小艳的手,忙碌起来。

"首先一点,艳子你们家老温,的确是一个非常有魅力的男人,还好,他心地善良,否则,不知有多少无知少女,要毁在他手里。"李小玉看了看时间。"现在快六点了,你这里客人也会多起来了,我们要不改个时间?我想,这些事,不能让不认识的人,当故事听,对吧?"

"菲菲，会不会影响你做生意呀？"王小艳不愿意放过一切机会。

"要不这样，咱们先去找地方吃饭，然后找个安静的地方，喝茶喝酒都行。"黄小菲提议，因为她现在状态，也全不在生意上，内心里说不清道不明的复杂纠结。

"好，吃饭，吃完饭去我那里，今天非常高兴能与你们俩成为无话不谈的朋友，我打算把我家里舍不得喝的最好的一瓶红酒，今晚上跟你们一起分享。"李小玉还没喝酒就一副醉态的腔调，逗得王小艳和黄小菲心里一乐。

不能不说，抛开李小玉率直个性中容易伤人的部分，她真的是一个非常有错的朋友，王小艳想。

第十二章 爱情契约

三个女人,吃完饭了被李小玉一车捎回了家,各自有着没法离开的理由,聚在一起要聊那些陈年旧事。

王小艳庆幸温锐是一个工作忙时不给自己打电话,而闲着时一定要找到自己的人。

李小玉拿出了她珍藏了两年的人头马路易十三,她觉得只有今天这样的气氛和心情,值得喝这瓶酒。

这两年来,只有一个值得邀请的男人,那就是温锐,人家却不上自己家的门。

李小玉从来没有今天那么强烈地要把那瓶酒喝掉。

喝酒时实在气氛很不错,各自一杯酒后,李小玉开始从男人的角度观察这两个女人。

黄小菲和王小艳是两种不同风格的漂亮女人。

黄小菲成熟中透着精明,让人第一眼看过去,五官的搭配几乎找不到缺点。

王小艳脸上泛起轻薄的酒红，就更像古言小说里的大家闺秀，眼睛清澈明亮，如果让她穿上一身古装素服，活脱脱从金庸小说里跳出来的女主角。

李小玉记得温锐曾经形容王小艳：男人第一眼看到她，你就会想着去保护那种纯情，如果想着跟他上床的话，会觉得自己恶心。

李小玉大概猜到温锐为什么一边跟黄小菲身体交往，一边心灵深处像供观音一样爱着王小艳。

对于一个对爱情一知半解的男人，遇到这样两个女人，真的难免做出接近变态的事来。

而这样的事实，李小玉是无法从黄小菲或者温锐那里得到任何细节，只是可以去想像那种无奈的三角关系。

"温锐是不是一个不轻易从口头上去与你们确认男女朋友关系的男人？"李小玉同时问王小艳和黄小菲。

"是的。"两个人几乎是同时回答。

"以近两年我对温锐的了解，他性格中的优点和缺点，同样明显。他自尊心很强，也非常尊重别人，做不到的事情轻易不对别人承诺，这就与我们女人的想法不一样，非常容易产生误会。"李小玉对温锐进行总结。

这样的评论，在五天之前，也许王小艳听到会很惊奇，这么多年，王小艳自己还从来没有认真去总结温锐的性格。总是只能看到他的优点。

这几天，虽然还没有发生什么重大的事情，却了解了很多发生在温锐身上的"大事"，她简直可以重新去评估这个在她心目中原先完美的男人。

与温锐认识八年了,这短短四天对他的了解,比之前那八年居然多得多。

就在五天之前,王小艳还一遍又一遍地确认自己构筑了一个完美的婚姻,没想到短短几天的时间,这完美的婚姻,瞬间化为一片废墟,之前,自己还信誓旦旦地认为完全不会影响自己与温锐的婚姻生活,难道这就是菲菲口中所说的"真相的代价"?

对温锐的了解,越来越清渐,越令王小艳苦不堪言。而且,不得不继续了解,没有退路。

王小艳在自己的思绪中翻雨覆云,神情木讷,目光呆滞。这早被黄小菲和李小玉看在眼里。

李小玉给了黄小菲一个眼神。

黄小菲上前握住王小艳的手:"对不起,你们刚结婚,就让你了解了这么多本来不想让你知道的真相。可能对你来说,太残酷了。其实,我也更愿意你生活在无知的甜蜜的婚姻生活里。但是现在,我唯一希望就是你一定要放下老温的那些过去,那并不是他的本意。他人很好,只是在他没有完全明白事理的时候,犯下了一些情感错误,我可以担保,他现在已经修炼到百毒不侵了。"

王小艳温情地看着黄小菲的眼睛:"你还爱他吗?"

这个问题,明显出乎黄小菲的意料,她还真不知道怎么回答这个问题,或者说无论怎么回答这个问题,因为面对的是王小艳这样的当事人:温锐的老婆,自己的好姐妹。

但黄小菲不能不回答，却迟疑着。

"没关系的，你心里是怎么想的，你就怎么说，好吗？"王小艳补充。

"好吧，我心里是喜欢他的，但我已经放弃他了。"这是黄小菲心里真实的声音。她觉得应该真诚地告诉王小艳。

"菲菲姐，我觉得你可以说说当年你们之间复杂纠结的爱情故事。"李小玉觉得是时候引导黄小菲去讲述那一段故事的细节了。

"艳子你还记得咱们上大学的时候，你硬拉我参加文学社吗？"黄小菲问王小艳。

"当然记得，我自己挺喜欢文学，当我第一眼看到温锐时，我真的很心动，但我那时很内向，根本没有勇气找男生说话，我想，你比较大方，又漂亮，所以拉你一起进文学社，也许有机会通过你，我能更容易接近他。这是我当年的想法，今天，我是第一次说出来。"王小艳记忆深处对温锐一见钟情的场景，一直在自己的脑海里，一遍一遍地提醒自己：温锐就是自己的第一个爱人，也希望是最后一个。

"其实那时，我也非常喜欢他，别看我大大咧咧咋咋呼呼好像不食人间烟火，但我却悄悄喜欢上了他，而且我也知道艳子你喜欢他。所以，一开始，咱俩的竞争就是不公平的。我那时也是鬼迷了心窍，我太自私了。"黄小菲鼓起了勇气，决定要把当年那些王小艳所不知道的事情，通通说出来，也许只有那样，自己心中的结，才能解开。

"真的吗？可我真够笨的，什么都不知道呀。"王小艳如梦初醒。

"是呀，我们那时候，其实都挺单纯的，你和老温之间写诗写情书，总是我帮你们传递。你还记得吗？"黄小菲问。

"当然记得呀，那些诗，那些情书，虽然不是什么你情我爱的，但都是来自心灵深处的对爱情的感悟与理解，其实也就是在各种书里面去体会，对爱情的向往与期待，或者说是一种对爱的渴望的一种表现方式。"王小艳对那一段记忆很深。

大学时非常喜欢看文学书，常常把文学作品里的关于对爱情的理解做笔记，特别是一些很有情趣的关于情书的段子，更是偏爱有加。于是变通着写一些小诗与感悟，让黄小菲转交给温锐。而温锐，也总是能针对王小艳的理解，作出自己的解读，回复回来，这让他们彼此从那些交换的文字里，读到了对爱情的渴望。

至今王小艳还在想，那算不算是她先去追的他，或者说她先勾引他。

"我那时真对不起你，你写给温锐的那些诗那些感悟，我都偷看了，不但偷看，而且我还把你写的东西抄一遍，你写的原稿被我撕了，给温锐的，是我抄的。所以一开始，温锐以为是我在和他交流爱情哲理，我又缠着他一定回复我，一来二去的，我跟他就很熟了。我当时利用了你对他的爱慕，也很感谢你帮助我跟他很快就热恋了起来，至少那时，我是那样想的。但我又不能告诉你，我们喜欢上了同一个男生，我把你和我的竞争当成一场战争，我和他的关系，一直在地下发展并升温。"黄小菲说话的语调很自责,但对于自己的精明与算计,却很自信。

王小艳的确听得目瞪口呆。这些,她的确一无所知。

"你知道我们的专业性质,我很快从师姐们关系里得到了带旅行团的机会,我大一就开始带团,是班上最早的了,这你是知道的,于是我利用陪团的机会,常常以安全为理由,约温锐一起住在宾馆里,我跟他发展得很快,我沉浸在甜蜜的爱情之中,当时,我就想得到更多的带团机会,不仅是为了挣更多的零花钱,还想得到更多的全陪机会:免费住宾馆,我不敢在学校里,大张旗鼓地跟他谈恋爱,因为我不想让你知道。"黄小菲对那一段记忆,一定也是很深的,描述的逻辑很清淅。

这大大地引起了王小艳的兴趣。

"温锐和我之间的关系那样迅速发展,我和他像着了魔似的,心照不宣地坚持着游弋在各个宾馆里的同居生活。我固执地以为,那就是我想要的爱情与幸福,但我那时心里一直有一个解不开的结,就是你。我不知道怎么去跟你解释,所以期望那样隐秘的情感生活,时间拖得越长越好。在我和你之间的感情竞争中,我自以为我是个赢家。"黄小菲不隐饰任何细节,她觉得坦白了,真的很轻松。

"我当年很庆幸你不愿意去带团,或者说你带旅游团的机会不多,所以,我和温锐那点儿事,一直隐瞒了下来,直到我们大三的时候,他开始冷落我,于是我发现,他跟你谈恋爱了。那时我才发现,所谓的地下情,根本不受保护,没有人知道我跟他的那一段隐秘的不知道算不算恋爱的情史。接下来将发生的事情你们应该可想而知。特别是在那段时间，我想着一切方法，想去修复我和温锐的关系，但突然杀出来一个程咬金，完全打乱了我的计划。"黄小菲突然显得有些带遗憾的激动。

"谁呀？"王小艳和李小玉几乎同时叫出声来。

"杨浩。"黄小菲很快回复平静的语气。"杨浩与温锐是一个四合院里长大的，他比温锐小几岁，他当时跟咱们一个年级，他读的是电视编导专业。在之前，我们都知道温锐有个这样的朋友，但接触不多，因为都听说他长着一双极为好色的眼睛，看到漂亮女生，就盯着看，很多女生都对这样的男生敬而远之。毕竟传媒大学那么大，漂亮女生那么多，所以不熟也正常，但他却盯上了我，要跟我谈恋爱。"

"一开始，我非常反感他，根本不给他任何机会。"黄小菲说出了王小艳的心声。

"这才是你应该的表现，但你为什么后来又承认与他的恋爱关系了呢？"王小艳忍不住还是问。

"我没有想到，他居然对我与温锐的事情，了如指掌。我与温锐本来就在冷战中，突然出了这事，于是，我怀疑他与温锐穿一条裤裆，但又不相信这个事实，你知道温锐的性格的，我根本不敢去质问他，就跟杨浩周旋了起来。"

"我没想到，杨浩居然要求跟我谈一场假恋爱，半年就行，他不说任何原因，只要我答应他就行，否则，他就要把我跟温锐的事情，以小道儿消息的方式，在全校传开。"

"这简直是恐吓，威胁呀！"李小玉很久没说话了，插了一句，她似乎有些激动的语气。

"正是因我不知道究竟是什么原因导致杨浩要那么做，我又不敢承担我和温锐的事在全校传开的后果，所以，我就答应了他，跟他谈起了假恋爱。"

"那是因为什么呢？你后来也没搞清楚？"王小艳小心翼翼地问。

"跟他达成协议后，我只能老老实实地跟他谈起假恋爱，还好因为是杨浩提出来的方案，他还算比较规矩，无论在什么场合，从来没有做出过出格的事来，反而让我对他刮目相看。他还不至于像想象那么坏。"

"这确实不像他表面上的风格！"李小玉分析，"但一定有他真实的原因。"

"一开始，我真怀疑是温锐与杨浩联合想出来对付我的手段，所以那段时间，我常常组织咱们四个人的户外活动，饭局，希望从温锐那里了解真相，看得出来，那时的温锐，心里把你装得满满的，根本不在乎我和杨浩的存在。艳子你应该对那段时间有深刻的记忆，其实你是一个不喜欢有杨浩在场集体活动的人，对吧？"黄小菲试着与王小艳互动，希望能从她的回答中，来判断是否要继续聊下去。

"当然记得，我当时非常不解，你为什么跟他谈恋爱，你却也不否认。但你后来找到答案了吗？"王小艳很平静地回复。

"找到答案了，我发现了另一个狂热追求温锐的人，在温锐身边多次出现，只不过不是在咱们学校里，而且温锐总是隐瞒着艳子。"

"谁呀？"李小玉非常好奇。

"宋小婷。你们应该不会意外。"黄小菲很平静地说。"我也是后来才知道的，宋小婷，和温锐因为两家的关系，从小就喜欢温锐，而且，在他们俩各自的母亲眼里，温锐和宋小婷就是天生一对，未来是要成家的，只不过因为温锐比宋小婷大几岁，而温锐从来就把宋小婷当妹妹，当宋小婷上了大学时，以为温锐会理所当然的去追他，结果温锐一直对她不下手，她大一，也就是咱们大二的时候，她就开始调查温锐的感情生活了，她是学法律的，学的就是逻辑学与调查学。"

"于是，经过一段时间的明查暗访，她锁定了目标，你，菲菲姐，对吧？"李小玉的语气很兴奋。

"宋小婷的确是一个非常聪明的女生，她在确定目标是我之后，并没有直接找我下手，毕竟她真正的目的，是希望温锐跟她谈恋爱，于是认为，只要破坏我和温锐的关系，也许她就有机会。杨浩就是她找来破坏我和温锐关系的最合适的武器。"

"但是杨浩为什么会与宋小婷达成合作？"李小玉觉得这是关键，问道。

"这一点，我当时也非常好奇，后来才知道，原来杨浩虽然表面上看着花心，好色，其实心中却专情于宋小婷，他一直追求宋小婷，只不过，宋小婷一直喜欢的是温锐，他们自己都清楚这个事实，于是宋小婷利用杨浩对她的专情，二人达成了合作。他们合作的条件是：杨浩利用宋小婷收集到的我和温锐在各个酒店同居的时间地点证据，来要求跟我谈至少半年的假恋爱，以达到破坏我和老温的关系，如果成功，就从那时算起，宋小婷趁机而入，去创造和温锐在一起的机会，也是半年的时间，如果宋小婷和温锐成功恋爱，就算杨浩输，杨浩将放弃追求宋小婷，而如果宋小婷和温锐不成功的话，宋小婷将会答应与杨浩交往。这就是他们两个人，为了自己的爱情，因各取所需，达成的协议。在我知道后，我简直觉得不可思议。"

王小艳在听到黄小菲讲到宋小婷和杨浩的合作协议，真是惊讶得不行，她无论如何，也不能把前两天刚见着的婷婷妹妹，与黄小菲口中的宋小婷完全重合起来。

但很明显，菲菲讲的，一定就是事实。王小艳想。

"的确很有意思！"李小玉如获至宝，"但是，宋小婷没想到的是：她居然在行动关键时刻搞错了对象，没想到那时候，温锐的爱情目标，已经转移到艳子身上去了，对吧？"

"不能说是温锐的爱情目标转移了，而应该说，他心里面一直爱着的，本来就是艳子，跟我的交往期间，只不过是因为没确定他心里真正爱的声音。"

"那他那段时间，应该非常纠结的，一方面是与菲菲姐你的同居关系，一方面心里感受到对艳子爱的呼唤，也只能是等他确定了正确的爱情观，这种近乎分裂的爱情观，才能得到纠正。"李小玉接着黄小菲分析起来，"也刚好是在那个阶段里,你们四个人频频活动的情况下,宋小婷与温锐根本得不到进展,而本来杨浩应该知道事情的真相,也因为有私心,却不愿意告诉宋小婷。对吗?"

"你分析得完全对,宋小婷本来一计又一计的,恨不能爱情三十六计全用上,可是一点儿用也没有,因为她确实搞错了目标对像,由此,当事人当中,除了艳子和温锐的爱情得到顺利发展之外,我、宋小婷和杨浩各自设定的目标,随着时间的推移,越走越远,那时我都差不多绝望了。但是,我没有勇气与艳子你公开一切,因为我不但受制于杨浩和宋小婷的威胁,而我心里知道,根本没有能力与你真刀实枪争夺温锐的砝码。"黄小菲说起来有些心痛。

王小艳手机铃声,在夜深人静时突然响起,一曲《爱情买卖》:出卖我的爱,逼着我离开,最后知道真相的我眼泪掉下来,出卖我的爱,你背了良心债,就算付出再多感情也再买不回来……

王小艳赶紧从包包里拿出手机接通,这铃声,的确令此刻的三人,有点小小的尴尬。

电话是温锐打来的,温锐在加班后回家,时间已经是半夜一点了,却不见王小艳在家,于是打来电话。

三人根本没有想到,聊着聊着,时间已经到了深夜了。

王小艳只好向温锐老实交代此时此刻正和菲菲一起在李小玉家聊天呢,这颇令温锐意外,王小艳为了避免温锐的猜疑,笑着说,喝了一瓶李小玉珍藏了两年的人头马路易十三,这让电话两头的气氛一下子融洽起来。

三人用身体语言相互达成了今天到此为止各回各家各找各妈，于是王小艳用温柔的语言，要求温锐做专职司机，接送黄小菲和自己。

黄小菲没有拒绝，她觉得此时此刻，拒绝王小艳的善意，会显得很不真诚。

三人寒暄了几句，没一会儿，接到温锐让她们下楼的电话时，二人匆匆忙忙穿好衣服，离开了李小玉的家。

李小玉可没忘记向二人预约了次日在菲菲咖啡屋的约会。

进入电梯后，黄小菲拉着王小艳的手："艳子，现在你并没有了解完事情的真相，你听我的，千万不要在没有完全了解真相时，去质问老温，你一定要当什么事都没有发生，你要听我的，你答应我。"

黄小菲握着王小艳的手，王小艳感觉很紧，那种语气的分量，通过手劲传达了过来。

"我保证，我把我知道的之前的所有事情，都会告诉你，不希望你跟老温有任何冲突，是因为老温心里背负着一条生命的压力，他一直自责于赵小露的死与他有关，无法原谅自己，所以，没完全搞清楚状况时，不要轻易下结论，咱们是好姐妹，你一定要相信我。听我的。"黄小菲一再强调着。

王小艳感受到了黄小菲传递给她的急迫的担忧，于是很肯定的点点头："好，我听你的，我暂时当什么都没有发生。"

第十三章 姐妹联盟

送完黄小菲后,王小艳在副驾上,装着一副微醉的样子,眯着眼睛养神,一句话没有说,温锐不时瞄过来看一眼,他想打破这种没有语言交流的"未知"状态。

在他看来,至少,说话,是可以出卖说话人的心情。

"你今天喝了多少酒呀?没醉吧?"温锐试探性地问。

"一瓶人头马,我们三人喝完了,李小玉这次出了血本了,哈哈。"王小艳尽量让自己的语调显得醉得不轻。

她脑子里不断地浮现出黄小菲在电梯里的忠告,她觉得这几天来,菲菲对自己所有的忠告,至少还都是出于善意的。

虽然菲菲喜欢着自己的丈夫,至少自己结婚后,她从来都是真心祝福自己。

就像她自己说的那样,她爱温锐,却真的放弃了温锐?

那她为什么要放弃呢?

今天还是放过温锐吧,在没有搞清楚所有事实真相时,还是暂时先放过他,她不时地瞄温锐,最亲蜜的爱人,突然在他身上发生了那么多的故事,有一种陌生感油然而生,大出自己意料。

他身上背负着赵小露的生命之重,那将是什么样的故事呢,不会像李小玉讲的那么简单吧?

蜜月中断第五天。

王小艳已经记不太清楚昨天回家后,是怎么样睡着的,但后半夜睡得很舒服,近十点了,才起床,发现自己穿着睡衣,应该是温锐照顾着自己睡觉的吧,也不知自己是否有失态过。

这算是跟温锐相处以来,自己第一次没能自我控制而被他照顾。

床头有温锐留下的便条,让她自己吃午饭吃晚饭。

王小艳突然感觉,这种场景,就是开始了最平凡而普通的夫妻生活了?

王小艳没有忘记与李小玉黄小菲今天的约会。她要在这最后一天自由婚假时间之内,整理清楚温锐八年来的点点滴滴,也许自己才能给自己一个最终的结论。

第一次想到了会有一个最终的结论,这让王小艳感到非常害怕。

会是什么结论?离婚吗?原谅吗?

王小艳草草地淡妆出门，打车直奔菲菲咖啡屋。

进屋时，菲菲就在门口不远处，没说话，直接过来拥抱王小艳。

这种见面拥抱招呼的感觉，真好，仍然是那么亲密无间。

"李小玉已经来了，在洗手间呢，她比你还积极，昨天，没有跟老温说什么吧？"黄小菲抱着王小艳轻轻地问。

"我昨天有点儿醉了，就什么都没说。"

"对了，老温知道你在查他那些陈年旧事。"黄小菲想了很久，终于说出了口，"四天前，是我打电话告诉他的。"

"啊，他怎么说？"王小艳松开黄小菲，对这个突发状况，她还不适应。

"他说，你要查，就查吧，而且他告诉我，你有知道真相的权力，只是挺担心你，怕你承受起来，有压力。老温就是这样，他可能自己没办法跟你说这些事情。"黄小菲一副埋怨的面孔。赶紧转移话题，"你还没吃早饭吧？我点了外卖，咱们早餐午餐一起了。"

"嗯，谢谢菲菲！"

周五的中午，基本上没有客人的，而下午三点之后，却是一周中最忙碌的时间，她干脆一早就给员工放了假，让员工下午三点再来上班，黄小菲挂出了"暂停营业"的牌子，三个人，好安静聊聊天。

三个人相互寒喧着，黄小菲忙碌着煮咖啡，李小玉也没有急于进入正题。而是问王小艳："昨天睡得还好吧？"

"睡得很好，喝了你那么好的酒，睡了一个好觉，谢谢你！"王小艳猜不出李小玉问自己睡眠问题背后真正的意图，如此应付一下，也不知是否令她满意。

"咱们成为好姐妹了，我还是不希望咱们聊那些旧事，影响到你和老温的关系，你别误会。我可背不起破坏好姐妹家庭和谐的罪名。"李小玉好像看穿了王小艳的心思。赶紧补了一句。她更希望王小艳从此不再对她有戒心。

按李小玉的行事风格，她从来不介意是否会破坏别人的家庭关系，她从来相信牢固的夫妻关系是不会害怕他人破坏的，就像苍蝇是叮不了无缝的蛋一样。

但今天，她有想要保护王小艳的想法，因为她突然觉得王小艳是那么的单纯而善良。

"我们接着昨天的话题吧？"李小玉接过黄小菲递过来的咖啡，轻轻地吹了吹，呷了一小口。

"小玉，你就是不想放过我。"黄小菲有点责怪李小玉的意思，"后来是大四发生的，就是我特别对不起艳子的事情了。"

"啊！"王小艳虽然尽量控制自己的情绪，仍然不能相信地叫了一声。

"我想要摆脱困境，当时还希望温锐能重新回到我身边，我又确认杨浩希望宋小婷与温锐以失败告终，因为杨浩不告诉宋小婷温锐在和你谈恋爱。而宋小婷因为不在咱们学校读书，她更是没进展。于是，我做了一个很过分的决定，我找到宋小婷，把当时的状况，有条件地全部告诉了她。"

"为了爱情，这样做，可以理解。"李小玉圆场。

"我的条件是要宋小婷放过我，撤出杨浩，宋小婷当时就懵了，她自己知道干了很多无用的傻事，于是，两个感情的失败者，很快就达成了联盟。因为共同面对的情感强敌是艳子，所以，虽然我和她也是情敌，却暂时地联合了起来。因为宋小婷也明白，只有先让你们分开，我和她才有机会。"黄小菲说话间带着对自己的鄙视。

"这种组合，再正常不过了，非常符合合作的原则。"

李小玉兴奋起来了，"你们怎么做的？"

"首先，我还得与杨浩继续周旋，因为一旦把杨浩解放出来了，他会纠缠着宋小婷，要她兑现承诺，而我却要求宋小婷一定要对你和温锐保密。然后，我和她经常见面商量对策，当时想了很多方案，都不得其法。最后商量出了一个非常可行的方案。"

"引导我出国留学，对吧？"王小艳思维也活跃起来了。

"这个方案，只要有足够的耐心和技巧，可以神不知鬼不觉地达成目标，这是一场关于爱情的粉红战争，宋小婷和我，都知道一旦成功，均有同等的机会。于是着手实施这个方案。宋小婷的确非常聪明，她负责收集资料设计，策划方案，然后我负责在你身边按她定的计划，实施。"

"你们的合作，的确非常成功，我在完全不知情的情况下，高高兴兴进入了你们的圈套，在大学刚毕业，就被你们俩弄到欧洲去了。"王小艳努力回想着当年的线索，几乎找不到一点儿破绽。

"你当时的情况，以你父母生前对你的期望，以及他们留给你的财产，其实我们没有做多少功课，只是帮助你收集了很多国外专业的资料与信息，我又时刻提醒你父母对你的遗愿，帮助你实现了你父母对你的期望。但是，当时只有我知道你父母生前希望你出国留学这件事，所以，当你真的出国之后，很长时间，我非常内疚。"

"我挺希望了解细节的。"李小玉感觉细节应该很精彩。

"干坏事的人，其实自己心里也不好受，你就不能放过我吗？"黄小菲直视李小玉。

"其实真没有太多细节，真的。"王小艳帮着黄小菲，给了李小玉一个眼色，"我想出国留学，其实与菲菲以及宋小婷没有关系，因为我自己就有一个出国情结。我父母在世的时候，就一直希望我大学毕业后出国留学。"

"但是我知道你并不愿意出国。"黄小菲轻轻地抓住王小艳的手臂。

"对了，菲菲，是不是因为我父母车祸去世，你才那么轻易地让我跟温锐谈恋爱，本来他就是你的男朋友。是你们先谈恋爱的。"王小艳握住黄小菲的手，很感动地说。她觉得有必要把黄小菲内心深处的内疚感消除一些。

"不能这么说，我一开始就知道你喜欢他，是我抢了你的男朋友。直到后来，我越来越确认他心中真正爱的人，是你的时候，我才明白我做了一件对不起你，对不起他，对不起我自己的事情。但是我没有办法，那时，我心里就是想得到他。"黄小菲不再想隐藏什么，她觉得把所有的内疚都说出来，心里比较痛快。

"这就是爱情，只要是真正地爱上了，无论做出什么事情来，也只是爱情表现为自私的一面。我可以理解，你给了我非常好的启发，我下一本书，关于爱情真相的主题，就有了。"李小玉沉浸在她将要创作的下一部小说里。

"的确，那个阶段，复杂的状况，我完全应付不过来，你父母的去世，我甚至觉得我都有责任。你还记得你父母出车祸之前发生的事情吗？"黄小菲很认真地问。

"当然记得了，那天发生了很多事情，警察后来不是都下结论了吗？是因为我父母在车上吵架造成的悲剧。其实有一段时间我也觉得是我的我责任，如果不是我不听话，他们是不会吵架的。"王小艳回忆说。

"在那之前，是我鼓励你把你跟温锐的恋情告诉你父母的，而你坚持要跟温锐谈恋爱，不打算出国，你跟他们吵了一架，然后他们开车出门，是他们因为你的事情在车上吵架导致车祸的。我知道你一直很自责，你知道吗，我在很长一段时间里，也很自责，因为真的说不清楚这事，谁是始作俑者。"黄小菲明显很自责。

"你别这么想，我曾经也是认为，他们的死，是我害的，如果不是我跟他们吵架，或者说如果不是我完全否决了他们对我出国留学的要求，我爸爸和妈妈就不会发生争执，也就不会有那个车祸。但是，时间是可以修补伤痛的，这么多年过去了，自责也是无用的，我也就放下了，你也放下吧。菲菲，你不知道我家里面当时的状况，我爸爸其实已经支持我留在国内,留在他身边了,是我妈妈看到我姑姑嫁了个洋姑父,一直希望我走我姑姑的路,现在看来,我妈妈自己也犯了错误。她总是想用她的人生观和爱情观来引导我,然后他们吵架发生车祸,跟你我没有关系的。"王小艳很深情地看着黄小菲,她觉得眼前这个姐妹,是值得她去珍惜的。

"但我却在大四的时候,利用你父母生前对你的期望,又鼓动你去留学。而且,我知道你有一个姑姑在法国,知道你去了法国,就真的有可能不回来了。所以,我觉得我真的很对不起你。"黄小艳终于把憋了很久的话,一口气说完了。

"菲菲你别这么想了,这样想只会给你自己压力。真的,不怪你。"王小艳觉得事情已经过去那么多年了,就不能再较真儿了。

"你知道吗?我和宋小婷,一方面越来越接近把你哄出国去,出我们意料之外,这事儿被温锐发现了。所以,接下来,我与温锐的关系,就越来越恶化。"黄小菲接着自己的话题,"但我又不希望我与温锐关系恶劣让宋小婷知道,这就是私心吧。"

"我知道,大四最后那学期,我和温锐之间,也因为我决定要出国留学,发生了很多争吵和不愉快。"王小艳补充道。

"他怎么发现的呀?"李小玉好奇的方向与王小艳完全不一样。

"本来,我和宋小婷的计划很周详,完美,时间跨度又很长,基本上没有什么破绽的,温锐突然来质问我,我一下子就懵了,于是我问他,是谁告诉他的,结果,他只关心我是不是在策划把艳子哄出国。我没有办法，就承认了。我当时就想，这下全完了。"

"究竟怎么发现的呀？"李小玉继续追问同一个问题。

"这个问题，你想知道的话，你还真得去问温锐，到现在我都不知道。"黄小菲是真不知道。

"感觉宋小婷应该是不会在还没有完成把艳子哄出国门时出卖菲菲姐的，而且，她自己也深度参与了，这事儿在温锐那里大白于天下，对她一点好处都没有，而且她可能跟你一样，不愿意把与温锐的关系搞恶化。所以，应该不是她。"李小玉很认真地分析。

"不会是宋小婷，所以我曾怀疑过杨浩。或者是温锐无意间发现的，但已经不重要了。"黄小菲强调。

"温锐就没对你做什么？"李小玉转移话题。

"他很严肃地告诉我，即便艳子留学了，不回来了，他也永远不会跟我在一起。这让我觉得，做坏事情，是真会得到报应的。所以，应该从那时开始，我和温锐，就已经什么机会都没有了，后边我所做的任何事情，只是为了修复友谊，我不想与他朋友都做不成。"黄小菲很平静地说。

"不过，等你出国之后，我得到了你与温锐分手的消息，是温锐用他最悲凉又带着嘲讽的语气亲自告诉我的。我当然知道我跟温锐之间不再有任何机会了，而我只是想顺着温锐的意思，希望他心灵的创伤得到一些安慰。这也就是我毕业后不久，就把所有的积蓄用来开这个咖啡屋的原因，我希望温锐在孤独寂寞的时候，可以找到一个地方休整或发泄自己。"黄小菲整理了一下思路,"而宋小婷完全相反,她充满着斗志,开始对温锐穷打猛追。"

"这就对了,她是个非常理智也很聪明的人,她知道忘记一段爱情,最有效的方式就是开始一段新的爱情,于是,她希望温锐和她谈恋爱。但是,我知道她并没得手,反而把你当成了情敌。"李小玉很确定地说。

"你好像知道很多呀?"王小艳问李小玉。

"当然,你们还不知道吧,陈小花、张小悦、赵小露和我,都是宋小婷的老熟人。"李小玉很得意的样子,"后边发生的所有故事,就得由本作家和菲菲姐一起来讲了,才会有真相。"

"张小悦和陈小花是宋小婷的高中同学;而我和赵小露则是宋小婷的大学时的校友,虽然我们是不同的专业,却是当时政法大学通讯社同一届的三大美女,彼此非常熟悉。"李小玉解释了五张照片的人物关系,这让王小艳大为吃惊。

连黄小菲都大感意外。

"据我的分析,艳子毕业出国之后,我们大四的那年,宋小婷却认为菲菲姐你是她最大的情敌,事事针对你,与你说的,与温锐完全没有了关系,不符合逻辑,你还是说说怎么回事吧?"李小玉直接问关键点。

黄小菲并不意外李小玉的问题,很自然的回答道:"宋小婷是温锐妈的干女儿,她对他的追求,使他完全没有抵挡的方法,是温锐和我商量,希望我假装与他恋爱,好让宋小婷死心。那段时间刚好我开店,老温帮了我不少忙,而且,店开好之后,他也常来喝咖啡。所以,宋小婷针对我,是应该的。"

"这就对上了,她以为温锐在与艳子分手后,与菲菲姐你谈恋爱了,而她一无所获,于是开始了与你的战斗。"李小玉的眼神围绕着王黄二人来回移动。

"是这样的,宋小婷也经常来我这里,有时温锐在,她就与他一起聊,温锐不在时,就缠着我,问这问那,当然,无论从温锐那里或我这里,得到的答案可不是她所希望的。我感觉到她越来越不理智甚至愤怒。这让我夹在中间,非常难受,我还劝过温锐是否考虑下宋小婷,结果温锐大为恼怒。"黄小菲很无能为力地陈述那段纠结的历史。

"时间过得很快,你们毕业后,可能是宋小婷刚参加工作,消停了很长一段时间,而温锐也很少主动与我接触,甚至很久都没来我这里了。"黄小菲已经记不清具体的时间了,"直到有一段时间,温锐又来了,直接要我再配合他,与宋小婷周旋,其实宋小婷爱得非常执著,连我都有点感动了。"

"但是温锐就是不给她机会。然后在很长一段时间里,我就看到了你、陈小花、张小悦、赵小露,与温锐陆续在我这里约会了。我感觉到温锐对艳子是否能回来开始绝望了。和各种美女在这里约会,连我都眼花缭乱,再稳重的男人,也难以招架。"黄小菲继续说。

"这几天恶补功课,对温锐了解越来越多,我居然在嫁给他之时并不认识真正的温锐,我觉得温锐的很多思想,很西方化,要是在四年前,我完全接受不了,不过,现在好多了，至少能平静地面对温锐的过去，所以，你们不要有顾虑，有话直说，咱们是好姐妹。"王小艳感觉黄小菲和李小玉好像在沟通中有所保留。也许说点什么，会让沟通更顺畅一些。

"这事儿，挺复杂的，我们把张小悦和陈小花都叫来，让每个当事人自己来讲与温锐发生在那段时间里的故事，我想，这里面一定有蹊跷。而且是咱们都不清楚的，也许，从中能找到共同线索。好吗？"李小玉征求王小艳的意见。

王小艳和黄小菲点了点头。

"现在已经中午了，咱们约下午二点吧，都去我家里？然后我找钟点工，为咱们做一顿家宴？这样，张小悦和陈小花一定会来的。"李小玉自信满满地说。

"要不要跟她们实话实说？"王小艳有些担心尴尬。

"我觉得先不需要，等她们到了，咱们再实话实说也不迟。"李小玉坏坏的一笑。"对了，艳子，你今儿中午，是不是可以请咱俩吃饭了？咱们这也是为了你的事，对吧？"

"好呀。"王小艳觉得应该请客。

第十四章 完美计划

下午两点左右,张小悦和陈小花相继在李小玉的热烈欢迎中走进李小玉的房门。看到客厅里坐着的黄小菲和王小艳,无不惊讶万分。

"什么情况?"陈小花匆匆与沙发中的两大美女微笑招呼后,借口去洗手间,拉了下李小玉让她跟来,在洗手间里一脸的问号。

"都已经是好姐妹了,所以畅所欲言。好,就这样。"李小玉拍拍陈小花的小臂,走出了洗手间。

而张小悦进门看到三个女人朝她笑时,被李小玉抓住的手,自然地往后收,大概是想转身离去,此刻李小玉手上用了劲,把她直接拉进了屋。

当五个女人,各自在沙发中落座之后,这场面确实令其中好几个人不自然。

李小玉做了开场白:"今天把大家召集到一起,因为我们中每一个人,都是当事人,大家要把自己的经历说出来,还原一个真相，为了王小艳，也为了我们已故的好朋友赵小露。"

"赵小露是死于意外，警察早就下过结论，你干嘛还纠结？"张小悦明显对李小玉召集大家在一起的理由不是很认同，也许她还生气李小玉骗她上门。

"有很多事情你不太了解，所以你兴趣还不浓，这样吧，我讲一个爆点，也许你一下就兴奋了。"李小玉停了停，当卖了个关子。"我们已经确认，花花、赵小露、我三个人，都是通过宋小婷认识温锐的，张小悦你也是，对吗？"李小玉盯着张小悦。

"没错，是这样。"张小悦看看大家。

"抛开赵小露不说，咱们三个人，是不是在一段时间里，不受自己控制地着了魔似的迷上温锐，与温锐发生了纠缠不清的关系？"李小玉引导着大家的思考方向。

在得到大家的眼神鼓励之后，李小玉大胆地猜测："咱们四个人，是不是又有同一个追求者？"

"杨浩。"在坐的每一个人，几乎都想到了他，可只张小悦说了出来。

"杨浩虽然在追我们每一个人，但咱们心里都清楚，不可能会喜欢他，而且，他也不喜欢我们中的任何人，但他为什么那么做？"李小玉整理着自己的逻辑。然后问。

张小悦若有所思，觉得李小玉说的很有道理。

"这里面一定大有玄机，只是咱们都不知道真相，所以需要一起来讨论。"李小玉总结性发言。

"你们要不一个一个地讲吧？"黄小菲试探性地问。

"我想，宋小婷应该是用你们几大美女与温锐亲密接触，以达到瓦解我与温锐的关系，只不过她根本没想到的是：我和温锐的看似走得很近的关系，就是做给她看的。"

"这至少可以说明一点，温锐自始至终不爱宋小婷，或者说不敢爱宋小婷。有时候，爱情是一种感觉，如果没有爱的感觉，却做了爱的行为，而又必须要承担错爱的代价，一辈子就惨了，我估计当时温锐对宋小婷，就是这种感觉。"李小玉分析道。然后看着陈小花，"花花你先说吧！"

很多年以前，陈小花就是《人文之美》杂志的忠实读者。多年以来，父亲每年都订阅，可能就是因为自己喜欢看吧。

不知从什么时候开始，她发现《人文之美》从一个人文时政杂志渐渐地变成了一个真正严谨纪实科学的人文历史杂志，这种变化让陈小花大为惊喜。

在她看来，月刊杂志，根本就不应该做新闻，新闻不新，时代已经变了，要看新闻的人，网络那么发达，不方便上网的人看报纸就好了，而读杂志的人，是关心读到每一篇文章之后，了解了什么知识，得到了什么启示。

陈小花认为杂志的变化，可能与新上任的编辑部主任，有关。

这个编辑部主任，就是温锐。

两年前那个初冬的下午，真是个意外的收获，在菲菲咖啡屋，见到高中同学宋小婷，一起聊天的帅哥居然就是温锐。

他微笑与点头，然后目光自然地移开，谈话时很认真的样子。

这个男人,与其他男人看到美女的反应完全不同,他的眼神,由近而远,由远而近,没有殷勤,也不失礼貌。

她突然觉得这个男人不够重视她。

陈小花心中非常不安,她此刻离他很近,却无法靠近。

还好她对他做的杂志,太熟悉了。但她是个内秀的人,任何场合,更愿意当一个听众,但此刻,她想要表现自己,她想要让他记住她。

"西夏王朝因何无缘步入正史?"看似一个很无理头的问题,从陈小花的口中问出来,确实令温锐大感意外。

陈小花故意把最新一期《人文之美》里的一篇文章标题作为问题。以敲开与温锐的沟通之门。

他重新看了下眼前的女子,"你也了解那屠城背后的真相?"

两个人开始聊起了那个"夹缝中崛起的党项族"的故事。

宋小婷接了电话离开后,陈小花并没有想要离开的意思,而是跟温锐以杂志内容为话题,聊开了。

他们聊神秘的莫切古墓、聊帝王谷三千余年惊世之谜、聊千年古城庞贝第二次毁灭之谜等等。

但陈小花更喜欢聊《人文之美》改版后那些关于人体的科学实验。

这部分新增的内容,应该是温锐引以为傲的选题,她想。

于是,二人开始聊起了《打开身体秘密的人体自身实验》,聊起了《食色考》中的精子赛跑。这让气氛一下子变得轻松和快乐了起来,交流中笑声不断,拉近了二人的距离。

温锐实在没有想到,眼前一个看似靠男人就可以生活得很好的美女,居然是《人文之美》的忠实读者,不仅喜欢历史与人文,还关注科学与实践,对地外文明,还能侃侃而谈,这算是做杂志几年来,遇到的最不可思议的读者了。

他们聊得很畅快,直到晚饭时间到了,温锐要奔赴一个饭局,两人才交换电话,说随时可以约见聊天。

接下来的好几个周六下午,几乎成了二人聊天约会的固定时间。

陈小花很高兴自己喜欢读的杂志,帮助自己认识了温锐。

陈小花有了恋爱的感觉,在酒吧唱着歌,脑子里却想的是每一个周六下午聊到的点点滴滴。

难道他也是一个不够主动的"极品男人"?但又不像,陈小花打算主动一点,虽然自己从来没有主动追求过男人,但听说,主动的女人,最动人。

这个从骨子里传统着的女人,第一次有了想与温锐做爱的念头,哪怕是没有未来的一夜露水。

这样想,居然不觉得羞惭。但她想,终究是说不出口的。

春节很快过去了,这是两人在新年里的第一个周末约会。

两人用了半个小时,各喝下了三杯咖啡。

陈小花看着眼前的男人,说不出的心痒难安,而温锐,似乎也迷离了双眼,两人显得极为不自然。

温锐提出想要离开了,这是第一次只聊了半小时,就想匆匆逃离。因为他看着眼前的女子，说不出的冲动与不安，再不离开，就真的受不了了。

陈小花跟着温锐出了门，帮他拦了车。

令自己都意想不到，她也跟着上了车，而且，很勇敢地告诉司机，去自己住的锦江花园三号楼。然后深情地看着温锐："去我那里吧！"

温锐什么都没有说。

直到晚上十一点后，他离开，一句话都没有说。

在后来的一个多月里，在咖啡屋每次约会之后，就着了魔似的回到陈小花租住的公寓里。

只是，在公寓里发生的所有的细节，她没法说出口。而且，多少次都惊人的雷同，就像一场梦一样。

但好景不长，就好像春天即将过去，爱情就突然没有了。

突然有一天，温锐请陈小花吃大餐，却是为他这一个月多来对她的不轨行为道歉。

这让陈小花非常痛苦，一向温柔内向的她，只能独自接受事实，她连"为什么"都没问他，她想，他应该有他自己的理由吧。

从此，温锐再也没有邀请陈小花喝咖啡，而是希望与她做好朋友，倒是常常约她吃饭，只是，单独约她时，她不赴约，人多时，她就去。

而自从认识了温锐之后，就出现了一个杨浩。

杨浩天天在陈小花唱歌的酒吧出现，当陈小花一曲终了，杨浩总是第一时间送上鲜花，是百合，陈小花不喜欢玫瑰，只喜欢百合，而杨浩送的就是百合。

她对眼前这个男人，一点儿都提不起兴趣，她心里想着的男人是温锐，即便杨浩手里捧着的是她最爱的一大束百合。

杨浩送花，然后要求约会，一起喝酒。

陈小花没有办法拒绝他，心里极不情愿跟这个看上去就是"色狼"的男人待在一块儿，但酒吧这种地方，他本身做不出什么出格的事来，就当是客人，应付着吧。

杨浩说："你愿意跟我谈恋爱吗？"

"不愿意！"陈小花笑着回答他。

"不谈恋爱也没关系，请允许我喜欢你，允许我追你，行吗？"杨浩的眼神，依然很色。

这样的论调，让陈小花极为不爽，见过脸皮厚的，没见过脸皮这么厚的。

"你没有任何机会的！"陈小花仍笑着回答杨浩。

在陈小花的字典里，从来没有"翻脸"二字。

然而，突然有一天，陈小花发现，杨浩已经好多天没再出现在她的视线当中了。

真是悄悄地来，悄悄地走，不留下任何东西，不带走任何东西。

"杨浩追女孩子的说辞只有一套，他纠缠我的时候，跟对你说的话，一模一样。"李小玉觉得陈小花的故事，讲完了。

李小玉觉得，当着这么多人，陈小花能讲到这么多，已经很为难她了。

"张小悦讲讲你的故事吧，注重时间细节，我们要了解的是真相。"李小玉向张小悦强调。

作为美校的研究生，张小悦所有的时间，不是在画画，就是在寻找画画的机会。

就在温锐认识陈小花的前几天。当宋小婷说有一个菲菲咖啡屋里，不但有一堆俊男美女，还有一些等俊男美女的有型男与俏少妇。这是她赴约的借口，或理由。

走进咖啡屋找到宋小婷的时候，同桌里坐着一个大帅哥。

张小悦马上猜想宋小婷究竟是什么意思？这帅哥是宋小婷的男朋友？

但她发现他叫"婷婷"的时候，明显是哥哥叫妹妹。至少那眼神里，绝对没有"情侣"两个字。

张小悦觉得还是问清楚比较好，来回看两人并指了下两个人："你们？"

"我们两家是世交，婷婷是我妹妹，是我妈的干女儿。"温锐很平静地介绍，他在任何场合都是这样介绍他们之间的关系。

他这样的介绍一直让宋小婷很不爽，此时此刻，她的表情完全出卖了她，也许当初她认干妈的初衷是"近水楼台先得月"，现在效果却恰恰相反。

张小悦觉得好笑，也突然有些欣喜。她觉得这样的帅哥，即便不是自己的男朋友，现在也最好别是任何人的男朋友。

张小悦仔细看着温锐的脸，情不自禁地就去摸温锐的脸。

这举动吓了眼前两人一跳。惊愕得不敢相信。两对眼睛里至少四个问号。

"哦对不起，我是画画的，看到像你这样的型男，就想摸一下你的骨骼，也许对我画画有帮助，请别介意，我常常这样子，就像医生看到病人就想摸脉或者农民刚拿到锄头就要试试好不好使，这就是职业病。"张小悦解释着，对自己这种情不自禁也是大惊不已。

"你的比方挺有意思的，不过，你说画人要摸骨骼，我还是第一次听说，你应该是研究得很深了吧？"听到这样的解释，温锐就不反感张小悦的举动，在他看来，能做出成就的艺术家，都是些疯子，不疯魔不成活，张小悦这种举动反而证明她可能潜力无限。

"你愿意做我的人体模特吗？"张小悦很激动地问。

"人体模特？"温锐还来不及反应，只是回问了一句话。

"人体模特有很多种，首先你的头部，是非常好的素材，你的手也很不错，只要你脱了衣服，我就能确定你的身体，是否值得画。即便是画穿着衣服的模特，很多画家也是要模特脱了衣服做完相应的规定动作，这样画出来的作品，才会由内而外散发艺术美。"张小悦谈起自己的专业，就口若悬河，"对了，我是美校研究生，方向就是人体画。"

对于温锐这样一个画画白痴而言，这些观点的确令他耳目一新，从他的眼神与表情，就看得出来，他一下子兴味盎然，因为他首先是个编辑是个记者，从来不拒绝新鲜事物。

什么叫术业有专攻？什么叫三人行必有我师？什么叫行行出状元？仿佛这一切，都有了答案，写在温锐的脸上。

这样的沟通，让接下来聊天变得非常愉快。

艺术，从来就是杂志选题的重要方向，两人开始天南地北地聊起了一幅一幅大师艺术作品的创作背景以及作品影射的思想与社会形态，这让温锐大开眼界，他一次又一次地想把这些大师作品的故事转化为他的杂志选题。

他们聊到了徐悲鸿的《逆风》，聊到了关云长的《风雨竹》，聊到了丢勒的《浴室中的女人》，聊到了吴作人的《解放南京号外》等等。

最后聊到了席勒。那个艺术疯子，与大镜子为伴，不时在镜子前摆出各种姿势，或扮鬼脸，或大声号叫，更多的时候是扯下裤子，撇开衬衣，自顾自地手淫。他把他知道的性爱的姿势都描绘出来，大都是些难登大雅之堂的作品。为了吸引观众注意，在这些不雅之作上画自己的生殖器官和乳头，他不惜丑化自己，把自身的器官扭曲，让它们看起来像伤疤，直接地体现出一种病态的性需求。

他把自己画成两性人，男性的身体上长出女性的生殖器或脑袋，这使画作剔除了性别的存在，只剩下绝望的有着强烈情欲的情绪。他的灵魂和肉体呈现出严重的错位，他清醒地认识到这一点，并在作品中浓墨重彩地表现出来，不断扭曲自己的性器官，扭曲自己的手指，扭曲自己的四肢，通过这些扭曲的画面达到释放自我的目的。

温锐迅速找到了杂志的一个选题题目,那就是:《大师和他的模特们》。

也许,像席勒那样疯狂的艺术大师,在每一幅画作的背后,都是精彩的故事。

他马上和张小悦确定了要做这个选题,并请张小悦提供素材,一起来做一期完美的杂志主题。

人们从来认为,长得帅的男人与长得漂亮的女人在特定的环境下遇见,而且就某一个话题,又聊得特别投机的话,那么,"一见钟情"就很容易在此时此刻被见证。人身体里的荷尔蒙就会发生作用。

此刻张小悦就强烈地感觉到了生理的变化。

难道自己对他一见钟情?这让从来不相信一见钟情的张小悦大感意外。

她只不知,温锐身体里的小妖精,是否也活跃了起来。

杂志社的选题,经由温锐与张小悦的几次约会性的沟通或者叫工作进展得非常顺利,他们约会的地点,自然也是在菲菲咖啡屋。

但温锐一直没有答应张小悦做她的人体模特。这让张小悦很遗憾。

那一年的春节之后,一个周四的下午,两人庆祝杂志选题上刊,同样在菲菲咖啡屋喝了几杯咖啡后。

也仅仅半个小时过去了,张小悦心潮澎湃,心跳快得都要蹦出身体。她也感受到了温锐脸色与身体的变化。

张小悦提出:"要不去我的画室看看?"

两人穿衣就走。

张小悦的画室,不如说是她的卧室。一个大约三十平方米的单间配套里,一半是床一半是画。

他们并没有再聊画,也没再聊杂志。

而是在那张床上,无法抵抗身体由内而外的需求。

直到精疲力竭。

此后一个多月里,每一次的咖啡屋约会之后,他们像着了魔一样,用身体沟通。

张小悦越来越想画温锐的身体。她几乎都可以凭想象就能把温锐的人体画出来,只不过,以她的职业道德,还是得经过"模特"同意,她才能下笔。

然而,张小悦觉得梦幻一样的爱情,一如昙花盛开,很快就调谢了。

当温锐向她道歉时,她大惊失色,惊呼为什么?

"我没有办法跟你讲为什么,真的对不起,我不能跟你继续交往下去。但我希望我们能做朋友。"温锐一脸的诚恳。

面对温锐如此确定的眼神,张小悦决定化痛苦为条件。

她要向温锐开条件。

"你必须答应我一个条件,让我画你的人体。否则,你就得告诉我,为什么,而且要我认为理由充分。"张小悦的条件几乎是无理的。

"其实为你做人体模特,也不难,只是你之前通过黄小菲来劝我做你的人模,我难以接受,我现在就答应你,行吧,你需要我做任何事,只要是出于善意的,不让我觉得特别为难,不影响我家庭与生活的事,我都会尽力为你做。"温锐很痛快地答应了张小悦,"但是,咱们不能再犯错误了。"

这让张小悦觉得完全没有了机会。

为温锐画人体画,就变成了一次工作任务,张小悦只用了一个下午,就画了四张温锐的人体写生画,当即给了温锐两张。

张小悦还是决定,用剩下的两张,好好再创作一幅作品,也许策划一个好的选题,还能参赛获奖呢,这样的好模特,毕竟难寻,还有就是,也许画的不仅仅是一个人体,还有人生中最重要的记忆。

温锐的确算得上是一个不可多得的好朋友,在接下来的朋友交往中,交学费,办画室这样让自己在经济上无能为力就要决定放弃的事,总是能得到他的鼓励与支持,这也让她对未来的事业更加努力。

但是,温锐的老婆突然找上门来找她还钱,大感意外。

原则上,借温锐的钱都不是她开口借的,而是温锐主动要借款以支持的。

而自己研究生刚毕业,根本还没有偿还能力,这可如何是好?又不能跟温锐说。

画画,对目前的张小悦来说,真不是一个挣钱的好工作。

卖画,买方也只是关注升值潜力大的大师或名人作品。不知要熬到何年何月,才能维系生计。

"我现在基本上可以断定，菲菲你咖啡屋里温锐专桌的咖啡，有问题。"李小玉很确定地望向菲菲。

这倒令黄小菲大感意外："这不可能的，咖啡屋的咖啡都是统一管理的。"

不仅黄小菲意外，所有人都深感意外。

李小玉继续分析："花花和悦悦可以想一想，你们自己当时喝了咖啡以后，是否正常？而我有理由相信，温锐在和你们俩、赵小露以及我一起喝咖啡后仅仅半小时，就性情大变，突然变得不能自制。那就一定是喝的东西有问题。"

"那你呢？你那段时间，不是也常和温锐来这里喝咖啡吗？你是不是该讲讲你的故事了。"黄小菲觉得应该转移话题，她需要好好的想想。

"我和老温的那点故事，其实非常简单，你们知道，我不可能隐瞒什么的。"李小玉总结式的说，"同样是在菲菲的咖啡屋，宋小婷介绍我认识温锐，是出于温锐在寻找杂志选题，我是写手，手上也有大把大把的资料，当然，听说是帅哥，我肯定不会错过了，帅哥身上，情感素材多。"

"我们约在咖啡屋聊选题，你们是知道的，我是花痴女，看到帅哥就流口水，但绝对不容易对任何帅哥产生像你们那么白痴的一见钟情，我们聊的那些所谓的杂志选题，我觉得可以忽略不谈了。我只是想说，在你们与他意乱情迷那段时间里，我们的沟通也不顺畅，每次他都半小时左右，就要离开，我以为他生病了。"李小玉内心有一丝遗憾的感觉。

"那为什么你从来没有心痒难安的症状?"黄小菲质问李小玉。

"哦,我明白了,也许你的咖啡本身没有问题,有问题的是桌上的咖啡伴侣,你们知道的,我喝咖啡从不加伴侣。这足以说明,咖啡伴侣里加了什么催情之类的药物。让喝咖啡的人,半小时就发情。这足以解释,你们跟他为什么那么快就睡在了一起,而你们还认为那是情到浓时的超自然表现,所以从来没有怀疑。"李小玉很认真地说。

"那你跟温锐没有发生任何事?"张小悦抓住李小玉的小辫子不放。

"唉,说难听一点,是我倒贴呀,有一次离开后,我们各自回了家,可能是他的药性还没过,居然在电话里跟我说,如果我立刻出现在他家里的话,绝对不会放过我,那我就迅速去了,所以说,我算是倒贴。"李小玉没有一丝害羞的意思,这件事陈小花和王小艳在之前就知道了。

相比张小悦、陈小花与温锐的事,口味轻得多得多。大家也愿意相信李小玉。

在场的人,谁都认为,如果有更多的故事,李小玉应该更愿意作为谈资,聊聊又何妨?

"而杨浩,在我这里从来都是吃一鼻子灰,我这样对爱情都已经免疫的人,杨浩只是自讨没趣。所以,也完全没有什么可谈的。像我这种人,用理智保护着自己,让男人无法伤害到我,同时也让男人对我望而却步,不相信爱情所以得不到爱情,这是我性格的'杯具'。如果老天给我再来一次的机会,我愿意像王小艳一样白痴地爱着和活着。对不起,我没有要骂你的意思,你知道的。"李小玉向王小艳解释。

"在那段时间里,赵小露比起你们几个来说,与温锐一起来的次数更多一些,所以说,她应该是陷得更深的一个,而赵小露有可能完全无法接受温锐的道歉而分手,一直抑郁了很长时间,然后在夏天独自去走滇藏线出现了意外,所以,赵小露的故事,只有温锐才知道完整的真相。"黄小菲整理了一下思绪,她觉得也许只有自己,可能帮助分析一下赵小露的事了。

"一定得让他讲出来,还原一个真相。我一直很难从我这个好姐妹的意外身亡中走出来。"李小玉说着有点抽泣了。

"通过这些线索,我们基本可以分析出来,我们四个人,都是宋小婷介绍认识温锐,是她导演了咱们四个人与温锐的不清不楚的关系。而同时,她又让杨浩跟在咱们四个人后边佯装追求。有必要相信,她曾经制订了一个非常完美的计划,只是目的咱们还不够明确,要么是要破坏温锐当时的情感,要么就是得不到的东西,就把他毁掉。也许只有温锐知道所有内情。"李小玉看看王小艳,征求她的意见。

李小玉若有所思:"如果是宋小婷往咖啡伴侣里放春药,那她为什么不直接迷倒自己和温锐,那多省事,让温锐受到道德约束,那不更容易得手吗?"

"我了解的宋小婷是一个非常完美的女人,她要的是温锐完整的爱。"黄小菲提议,"我们把温锐叫来吧?"

一语惊四座。

第十五章 不战而胜

大家讨论的结果是：让王小艳打电话让温锐来揭开谜底。

但王小艳没有想好，她隐隐地觉得，打电话让温锐来，可能不合适。

她不想让温锐为难，也不想本来让温锐很尴尬的事情，由他亲自来向大家介绍。

不过，王小艳还是很惊奇，在座的四个人，在前两天分别接到温锐的电话，并告诉她们，如果自己执意想要了解那些陈年旧事，每一个当事人，都可以讲她知道的真相。

这是在场的每一个女人都确认了的信息。也是她们一致要求王小艳打电话让温锐来的理由。

真相的确是非常难以接受的。这就是说，这四个女人，都曾与自己的老公有同居关系。即便那些旧事是自己无权干涉的，但一一得到确认，让王小艳的心跳加速，血脉膨胀。

但她还不能表现出来。

毕竟有一个人，在这个为了爱情的战场中，死了。

也许正是赵小露的死，让所有的当事人，一下子清醒了？

她最后还是决定，不能让温锐来。她努力想着推辞的理由。

如果温锐来了，在沟通与交流中，只会有破坏力而不可能有任何好处，对于现在在场的五个人来说，自己是温锐的老婆，伤害肯定只属于自己或者温锐。

她让自己一定要理智不能冲动。

这明显就像一场必输的赌局，自己可千万不能因为冲动一头栽进去，到时输得遍体鳞伤，谁来抚慰自己的心灵？

"我这几天，了解了温锐那么多我不知道的事，到现在为止，我还没有想好如何真正地面对他，我确实无法在这样的场合，把他叫来，让他揭自己的伤疤。这样吧，等我想好了如何与他沟通之后，如果他愿意告诉我真相的话，我一定转告你们，行吗？"王小艳觉得自己的理由比较充分了。

这的确让在场的人都大感意外，都以为把温锐弄来，顺理成章了，没想到王小艳还保持清醒的头脑，来一个急刹车。

而似乎她没有给任何人以回旋的余地。

李小玉没有兑现她让钟点工来帮着做晚餐的承诺，而是在晚七点时，海底捞两个服务员上门火锅服务。这让王小艳备感新鲜，十天前，还在惊奇于肯德基在中国搞送货上门。今天又见识了什么叫"地球人已经无法阻止海底捞"。

大家说些家常，聊些时尚，一顿火锅吃完，在两个海底捞的服务员看来，五个女人绝对是最亲密的姐妹。

蜜月中断第六天。

终于迎来了一个周末,温锐杂志社的工作,也于周五的半夜交工。

王小艳醒来的时候,发现温锐正瞪着两眼睛看着她。然后他的手,就摸了过来。

她知道他想干嘛,她没想到,她根本没有勇气拒绝他的任何一次要求。

在昨天听到那么多温锐与别的女人的激情时刻时,在她的脑子里就像一幕幕A片里的情节,男主人翁是自己的丈夫,而女主角是眼前的这些女子,她居然身体里荷尔蒙分泌加速。

昨天回到家里,洗澡后居然那么渴望此时此刻温锐就出现在床上,把那些所有在脑子里挥之不去的魔鬼,用一场激情,全部驱走。

此时此刻,刚醒来的她感觉全身迅速热了起来,她主动的就扑了过去。

温锐想说什么,被她用食指挡住了嘴,这是他用在陈小花和李小玉身上的那一招儿"用身体沟通"。今天她要用在他的身上。

活动进展得异常奇妙,让她有与以前完全不同的体验。

她脑子突然有了喝过咖啡的温锐身不由己驰骋于眼前的幻境。

她让自己的身心第一次完全释放,这种感觉如此美妙。

结婚前，甚至四年前，与温锐的每一次，她都小心翼翼，身体紧张，肌肉收缩，心里羞得无可言状。

然而只是经历了五天，五天心灵的洗礼，自己的身体发生了翻天覆地的变化。

她突然觉得：如果说以前温锐就住在自己心房里的话，至少心房的门还开着的。

而此时此刻，心房的门，悄悄地，不由自主地，关上了。

快接近中午了，家里完全没有吃的东西，两人打算去找个西餐厅，享受一下蜜月里的第一顿西餐。

王小艳特意要了一个小包间，希望有一个私秘的空间，能打开温锐的话闸。

用餐时，王小艳尽量用欣赏与温情的眼神不时望着温锐。

她觉得大部份食物已经下肚，也喝过了两杯红酒，时机成熟了。

"对不起，老公，你应该已经知道了，我不小心翻到了那些照片和你的裸画，这几天我闲得无事，我就跟她们几位，聊了聊，绝大部分事情，我都已经知道了。你不会生我气吧？"王小艳小心翼翼地问。

"其实你也有权力知道我的过去，本来应该由我来告诉你的，只是因为我担心你承受起来有难度，也害怕影响到咱们的感情，所以隐瞒你，你要相信我隐瞒你也是出于善意的。应该是我向你道歉才对。"温锐显得很平静。

"那，赵小露究竟怎么回事？还有发生的一切，你应该全都知道的，你可以告诉我吗？"王小艳很真切地问。然后换了下位置，与温锐同坐一条长布沙发，并搂住他的胳膊。

自从王小艳离开北京后，温锐觉得应该好好调整一下混乱的自己。

他甚至觉得，虽然王小艳不知情，自己几年来的所作所为，她的离开的确是对自己的惩罚。

他尽量不去了解她在国外的任何消息，在这几年里，好好打拼自己的事业，如果她心里还有自己，也许等她完成学业，能回来的话，还有机会。

他尽量与黄小菲保持了定期的联络，也许只有从黄小菲那里，还能得到一些王小艳的消息。

他心里从来就觉得对不起黄小菲。只是不知道怎么表达自己的愧疚，在每次单独相处时总是与她保持了心的距离。

宋小婷，这个干妹妹，无休无止的纠缠，让自己真的惫于应付，又要黄小菲帮忙让她死心。

还好宋小婷要毕业前，毕业论文与找工作，忙得不可开交，毕业后刚工作，在律师行当助理，诸多案子占用了她的时间，让自己轻松了许多。

这要感谢最好的高中同学华帅的帮忙，这个政法大学研究生毕业的高材生，聘用了宋小婷做他的助理，让她在一件一件的大案中，忙得无法脱身。

时间过得飞快，转眼两年过去了，不知道王小艳在国外，究竟怎么样了？有男朋友了吗？是否还挂念着自己？

工作上，自己终于有了成绩，升任了编辑部主任，与杂志的总编、主编有了一致的目标：改变杂志的发展方向，做成一本真正有收藏价值的《人文之美》杂志。这就是自己的理想。

工作担子越来越重，王小艳的消息越来越少。

温锐开始从失望发展到绝望。再好的工作成绩没有爱人一起分享，心灵仍就是空虚的。

从宋小婷口中得知，她和杨浩正式谈恋爱并同居了，这让温锐心中的一块大石头落了地。杨浩一直爱着宋小婷，自己是最清楚的，对于像杨浩那样一个外表看似多情花心的男人，心脏里却流淌着对爱情从一而终的热血。比起自己道貌岸然形象里却包裹了一颗不负责任糟践爱情的身体实在强太多了。

他为宋小婷高兴，只不知宋小婷是否是真的感受到了杨浩的一片痴情？

宋小婷开始关注起自己的工作来，本来由华帅全权代理杂志社的法律事务，部分也由宋小婷经手了。而且，宋小婷通过努力，已经成功代理了诸多案件，成为华帅律师事务所的合伙人之一。

宋小婷介绍了自己的几个好朋友给温锐，希望她们能帮助温锐做一些选题。

陈小花、赵小露、张小悦和李小玉，就陆续出现在温锐的身边。

这些女子的确给温锐带来了很多选题,这让他很兴奋。

他很乐意与这些很有见解很有想法的女子约会,每一次约会,给自己的工作像打了一针鸡血。

对王小艳是否回国的绝望无限地膨胀;黄小菲一直还等着自己,对她的愧疚也无限蔓延;宋小婷因为得不到自己却与她不爱的杨浩同居,但没多长时间就吹灯拔蜡了,这让自己也无限自责。重重压力之下,只有和这些美女聊工作,让自己心灵得到释放。

只是在接触不久后,也就是那年春节之后,突然自己性情大变。

在每一次和这些美女在菲菲咖啡屋喝了几杯咖啡之后,自己的身体,由开始的不可控制到后期的完全失控,他觉得自己沉沦了。

那样的时间几乎有一个多月的时间。

温锐突然觉得很不对,这让他感觉非常害怕。

他要马上行动,他以最快的时间,拿走了菲菲咖啡屋几乎是自己专座桌上的咖啡以及咖啡伴侣。

如他所料,咖啡伴侣里加了一种国外进口的白色粉末催情药。

一开始他怀疑黄小菲。

但在一系列调查与试探之后,他把目标锁定宋小婷。

他不知道该如何处理,但他清楚一定要阻止宋小婷干下去,她这是在知法犯法。而自己却要尽快解决问题。除了自己,还有四个人可能都是受害者。

直觉告诉他,不能报警。如果此事曝光,也许婷婷这一辈子的律师职业生涯就没了。

他决定找宋小婷谈谈。

宋小婷对她所做的事情供认不讳,并承认是她定期往那个咖啡伴侣的小瓶里放催情药物,宋小婷以答应杨浩与之恋爱并同居为条件,安排了杨浩去追求她们,她要破坏温锐的一切感情,她爱他,她恨他,她得不到的东西,任何人也别想得到。

她陈述的表情显得异常冷静。这让温锐感觉害怕。

接下来的事,更是出温锐意料之外。

一周之后,宋妈妈找到温锐,说婷婷得了严重的抑郁症,常常幻想自己自杀。已经快两年了,之前去美国治了两个疗程。这一年多,一直靠进口药物控制病情,前几天突然病情加重,要马上送到国外治疗。之前隐瞒着所有人,甚至不惜费用到国外治疗,就是不想因为她的病情影响到她的职业生涯。

这一消息如晴天霹雳,温锐知道可能是自己诱导了她的病情加重。

像她那样的病人,是可能做出任何事情的,这让温锐感到非常害怕。

温锐决定自己来解决问题。

他知道没有办法把这事向几个当事人说得很清楚。于是承认是自己的责任,去向她们道歉,并愿意为自己的行为负责任。

她们显然没有办法改变温锐的决定,答应与温锐做朋友。

但事情没有想象那么简单。

两个月后,赵小露来找温锐。

她怀孕了。

这个孩子,实在是出现得不是时候。

温锐觉得必须要有一个解决的办法。

他首先想到的是必须为自己的行为负责任。

温锐决定要跟赵小露结婚。

但从美国治病回来的宋小婷,让温锐与赵小露想要结婚的事情暂缓了。

面对无法收拾的残局,温锐真是头大如斗。

然而,赵小露肚中的胎儿,出了状况,经过几次检查,医生怀疑发育不正常,建议放弃。这让赵小露和温锐陷入了困境。

赵小露在做了人流之后,在温锐的照料下,一个月后恢复了健康。

随后,赵小露在温锐的视线里消失了。

七天之后,温锐收到一条赵小露发来的短信:

锐,我的亲!对不起,我太自私,我没有勇气跟你说分手。在死亡的最后一刻,我明白了一个道理:听听心的声音,它会告诉你,你爱的是谁,去找她吧，如果她爱你，请你一定不要放弃，如果她不爱你，放弃她是最正确的选择。我们要永别了，如果有来生，我希望能爱上一个爱我的男人。小露绝笔。

看着短信，温锐完全崩溃了，他马上给赵小露打电话，电话通着，无人接听。

他不停地打电话，终无人接听。

他迅速跑到赵小露租住的房子处，无人开门，他撞开了门，房里却空无一人。

他决定还是跟她老家的父母打一个电话，这毕竟是人命关天的事。

赵小露父母说她有很久没回家来了，半小时前发了一条短信：

亲爱的爸爸、妈妈，我想你们！

这条短信让温锐更加确定赵小露有生命危险。

他马上报了警。

此后再打赵小露电话时，关机了。

接下来的三天中，温锐像热锅上的蚂蚁，在北京这个城市里，到处乱转，他想把所有他能想到赵小露可能去的地方，都找一找。

然后，赵小露的家人，同事，宋小婷，甚至杨浩，都加入到寻找赵小露。

三天后，噩耗传来。

赵小露在滇藏线坠崖身亡。

原来十天前就已经出发了，她独自一个人，要走滇藏线，去完成本来已经被温锐放弃的杂志选题：《最后的马帮》。

遗物中，赵小露的笔记本里，记录了《最后的马帮》四天的行程。

笔记本，现在仍在温锐的办公室里。

参加完赵小露的葬礼之后，宋小婷又犯病了，也许她觉得赵小露的意外身亡，她充当了助推器吧。

宋小婷又被送往了美国。

因为涉及宋小婷的病情和隐私甚至她的职业生涯，温锐觉得应该保密。

王小艳同意。

"我突然有一个决定，我们抽个时间，一起去走滇藏线吧，跟赵小露一起完成《最后的马帮》。"王小艳望着温锐，轻轻地眨了下眼，两行眼泪滴下。

"那条路真的很危险的。"温锐似乎不同意。

"危险从来都伴随着人们，每天有那么多车祸发生，我们认为最安全的城市，也潜伏着危险。我们只要做好准备工作，多请几个向导，就没问题的。因为完成最后的马帮，似乎是赵小露的遗愿,只是她没有说出来。也似乎是你和我心中的一个结,我们一起去解开它,好吗?"王小艳用手掌擦拭着自己的眼睛。

"嗯,你周一就要去工作了,工作后,你哪有时间呀。"温锐不想否定王小艳的想法,也许只有时间,可以冲淡一切。

"十一假期吧,还有一个月时间,我们现在就定下来,我去做准备工作。"王小艳似乎很坚决。

"好吧!"温锐肯定地点了点头。

"那几张照片,应该就是宋小婷以前趁机会放进书房的吧?"王小艳问。

"应该是的。你知道的,我工作挺忙,那几本书又不是工具书,看完了,也不会再去翻阅了。"温锐解释道。

"对了,你找机会帮我向张小悦解释一下吧,为了与她接近,我把你借钱给她的事,捅出去了。"王小艳做求情状。

"已经没事了,她跟我通过电话,这事已经解决了。本来就是我主动借钱支持她读书和开画廊,咱们现在也不缺钱花,我让她以后挣到钱了再还。你没意见吧?"温锐问王小艳。

"当然没意见了。对了,她给你画的两幅画,从此以后,就由我独家收藏了,行吧?实话讲,她画得还真不错。"王小艳狡黠的一笑,"她那里的,就算了吧。"

"是我曾经对不起人家,她也是咱们的好朋友,你同意吧?"温锐没有正面回答王小艳。

王小艳点点头。

"然后这一年多,你也没有再谈恋爱了?"王小艳想彻底地解决心中的疑问。

"没有了,一方面,我也认为赵小露的意外身亡,我有不可推卸的道德责任。另一方面,我真正了解了自己的心,我听从了心的声音。"温锐显得非常平静。

王小艳深情地望着温锐,期待他的下文。

"赵小露死前给我的短信,时刻敲打着我,让我知道应该听从心的声音,我知道我心里爱着你,所以,我必须等,等到有一个结论:如果你还爱着我,我就会永远不放弃你,如果你不爱我了,也许我会听从赵小露的的遗愿,放弃你。但我等到了你。谢谢你,一直牵挂着我,虽然相隔万里,我的心是感应得到的。"温锐说得很虔诚。

"你为什么爱我?爱我什么?"王小艳问出了一个她从来认为女人问男人最傻的问题。自己突然觉得很无趣。连自己都说不出为什么爱温锐,爱他什么。

"这个问题,我曾经问过自己很多遍,男人为什么爱一个女人?女人为什么爱一个男人?也许在青春年少的时候,根本没有人能回答出这个问题,因为爱情真的没有理由。爱情就是在特定的时间地点与环境中,因视觉或听觉或触觉,身体荷尔蒙分泌加速,燃起了欲望与希望交织。然而,爱情只是在人一生中爱的阶段中的一段,因为爱是分阶段的,人们还是孩子的时候,他们爱爷爷、奶奶、爸爸、妈妈以及所有的家人;当人们长大了,性成熟了,在他们的生活环境中有一个异性,让他们荷尔蒙分泌旺盛,那就是最初的爱情,针对某一个异性，爱也许是有期限的，荷尔蒙分泌功能就像感冒病毒对同一载体具有免疫力一样。导致有很多人一生会爱上不只一个异性，所以，每一对情侣，在过了爱情的交织期以后，必须要为爱情注入责任、习惯或希望，去共同抵抗来自复杂社会环境的诱惑，让爱情延续；当他们有了孩子，大部分的爱也许就转移到孩子身上去了；当他们老了，回望一生，也许爱的精彩，决定这一生活得精彩。"温锐像一个爱情专家一样，"对于你，我还真的能说出爱的理由，你非常漂亮，非常善良孝顺，思维非常简单，你感性，勤奋有责任感，你从来都是无私的，你心中有大爱，你固守和保卫着你爱的小小世界里的所有人，你是所有男人梦寐以求的女人，只是我很幸运，老早就发现了。"

王小艳用嘴紧贴着温锐的耳朵说："我爱你！"

这是她第一次说出这三个字。

图书在版编目（CIP）数据

粉红战争 / 老幺著. -- 北京：新星出版社,2012.7
ISBN 978-7-5133-0726-0

Ⅰ．①粉… Ⅱ．①老… Ⅲ．①长篇小说－中国－当代
Ⅳ．①I247.5

中国版本图书馆CIP数据核字(2012)第103778号

粉红战争

老幺 著

责任编辑：汪 欣
责任印制：韦 舰
装帧设计：阳光图文工作室

出版发行：新星出版社
出 版 人：谢 刚
社　　址：北京市西城区车公庄大街丙3号楼　100044
网　　址：www.newstarpress.com
电　　话：010-88310888
传　　真：010-65270449
法律顾问：北京市大成律师事务所

读者服务：010-88310800　service@newstarpress.com
邮购地址：北京市西城区车公庄大街丙3号楼　100044

印　　刷：北京兴湘印务有限公司
开　　本：880mm×1230mm　1/32
印　　张：7
字　　数：145千字
版　　次：2012年7月第一版　2012年7月第一次印刷
书　　号：ISBN 978-7-5133-0726-0
定　　价：25.00元

版权专有，侵权必究；如有质量问题，请与出版社联系调换。